民国诗学论著丛刊

叶嘉莹 主编
陈斐 执行主编

詩學初範 詩學進階

上海世界书局 编著
顾大朋 整理

文化藝術出版社
Culture and Art Publishing House

图书在版编目（CIP）数据

诗学初范·诗学进阶／上海世界书局编著；顾大朋整理. —北京：文化艺术出版社，2017.12
（民国诗学论著丛刊／叶嘉莹主编，陈斐执行主编）
ISBN 978-7-5039-6431-2

Ⅰ.①诗… Ⅱ.①上…②顾… Ⅲ.①诗学—研究—中国 Ⅳ.①I207.2

中国版本图书馆 CIP 数据核字（2017）第306275号

诗学初范·诗学进阶
（民国诗学论著丛刊）

主　　编	叶嘉莹
执行主编	陈　斐
编　　著	上海世界书局
整 理 者	顾大朋
丛书统筹	陶　玮
责任编辑	左灿丽
版式设计	顾　紫
出版发行	文化艺术出版社
地　　址	北京市东城区东四八条52号　（100700）
网　　址	www.caaph.com
电子邮箱	s@caaph.com
电　　话	（010）84057666（总编室）84057667（办公室） （010）84057696—84057699（发行部）
传　　真	（010）84057660（总编室）84057670（办公室） （010）84057690（发行部）
经　　销	新华书店
印　　刷	国英印务有限公司
版　　次	2018年8月第1版
印　　次	2018年8月第1次印刷
印　　张	7.875
字　　数	140千字
开　　本	880毫米×1230毫米　1/32
书　　号	ISBN 978-7-5039-6431-2
定　　价	45.00元

本丛刊个别作者未能取得联系，请相关人士尽快与我社联系办理版权事宜。

联系电话：（010）84057672　（010）84057604

整理说明

一、本丛刊抱着"发潜德之幽光,启来哲以通途"的宗旨,主要选刊民国时期(1912—1949)成书的、学术价值或普及价值较高的、与诗词曲等广义的古典诗歌相关的论著。少数与诗歌密切相关的文学理论、文学批评、文学史著作,或成书于晚清的有价值的此类著作,以及同时期相关的汉学著作,亦适当收录。诗话、词话及新诗研究论著等,因为已有相关大型文献资料集出版或列入出版计划,故暂且不予收录。

二、本丛刊秉持开放包容的态度,期望较为全面地呈现民国诗学研究的多元气象;按照撰著内容和体例,大致分为"史论编""法度编""选注编"等编,分辑滚动推出,每编每辑十种左右;优先选刊1949年以后没有整理出版过的著作,以节约出版资源。

三、每部拟刊论著,我们都约请相关专家进行整理,并在前面撰写一篇"导读",介绍该著的作者生平、成书经过、学术背景、主要观点、诗学价值、社会影响等,以引导读者更好地理解原著。

四、整理时,以原著内容最全、文字最精的版本为底本,参校其他版本（如手稿本、期刊连载版等）和相关书籍，修订原版讹误，参照古籍整理规范出校勘记。校勘一般只校是非，不校异同。凡底本"误脱衍倒"者，皆据他本或他书订正，并出校记。引文与所引著作之通行本文字不同者，只要文意顺畅，亦读得通，一般不改动原文、不出校记。显著的版刻错误，如笔画讹误、不见字书者，或"日曰""末未""己已巳""戊戌戍"混同之类，如果根据上下文足以断定是非，一律径改，不出校记。注文中的魏妥玛注音，统一改为现代汉语拼音，但不出校记。为避烦琐，校记中征引他书，仅注明书名及页码，卷末另附"本次整理征引文献"，详列作者、书名、出版社、出版年等信息。

五、原版为繁体竖排，现统一改为简体横排，并参照最新版国标《标点符号用法》及古籍整理规范加以新式标点。繁体字、异体字一般改为规范的简体字；容易引起误解的人名、地名用字，通假字或民国时期特有的虚词（如"底"）等，则保留原貌。因版式改动，原版行文中提到的"右文""如左""左表"等，统改为"上文""如下""下表"等。

六、一些论著提到的外国人名、地名、书名等，译法与今日或有不同，为保存原貌，不作改动。个别论著的极少数提法，或有一定时代局限性，为保存原貌，亦不作删改，望读者鉴之。

七、我们的整理目标是争取形成可以传世的、雅俗共赏的"新定本"，但古人云："校书如扫落叶，旋扫旋生。"尽管我们黾勉从事，或疏漏在所难免，恳请方家赐正。

总序

1912年清帝逊位至1949年中华人民共和国成立，一般称为民国时期。这一时期，虽然政局不稳、战乱频仍、民生凋敝，但思想、学术、文化却自由活跃、异彩纷呈。主编过"中国现代学术经典"丛书的刘梦溪先生认为："中国现代学术在后'五四'时期所创造的实绩，使我们相信，那是清中叶乾嘉之后中国学术的又一个繁盛期和高峰期。而当时的一批大师巨子……得之于时代的赐予，在学术观念上有机会吸收西方的新方法，这是乾嘉诸老所不具备的，所以可说是空前。而在传统学问的累积方面，也就是家学渊源和国学根底，后来者怕是无法与他们相比肩了。"[1]

的确，民国学人撰写的学术论著，虽然限于物质条件和学科发展水平，有些知识需要更新，有些观点有待商榷，有些论述还要深化……但仍然接续、充盈着中国固有学术的人文意脉和精魂，更具有为国家民族谋求出路、积极参与当前文化建设的现实关怀，更具有贯通古今、融会中西、打通文史哲、将创

---

[1] 刘梦溪：《中国现代学术要略》，生活·读书·新知三联书店2008年版，第123—124页。

作和研究相结合的开阔视野和博通气象，更具有"文章千古事，得失寸心知"（杜甫《偶题》）的传世期许和实事求是、惜墨如金的朴茂之风。这在人文学术研究显现出"技术化""边缘化""碎片化""泡沫化"等不良倾向的今天，颇有借鉴意义。而且，那时的不少论著奠定了后续研究的基本框架，不管就论析之精辟还是与史实之契合而言，都具有较高的学术价值。《中国诗学》主编蒋寅先生即深有感触地说："最近为撰写关于本世纪中国诗学研究史的论文，我读了一批民国年间的学术著作。我很惊异，在半个世纪前，我们的前辈已将某些领域（比如汉魏六朝诗歌）的研究做到那么深的境地。虽然著作不太多，却很充实。相比之下，80年代以来的研究，实际的成果积累与文献的数量远不成比例。满目充斥的商业性写作和哗众取宠、投机取巧的著作，就不必谈了，即使是真诚的研究——姑且称之研究吧，也存在着极其庸滥的情形。从浅的层次说，是无规则操作，无视他人的研究，自说自话，造成大量的低层次重复。从深层次说，是完全缺乏知识积累的基本学术理念……许多论著不是要研究问题，增加知识，而是没有问题，卖弄常识。"[1]

陈寅恪先生曾将佛学刺激、影响下新儒学之产生、传衍看作秦以后思想史上的一"大事因缘"[2]。近代以来的大事因缘，

---

[1] 蒋寅：《热闹过后的审视》，载《文学评论》1996年第5期。
[2] 参见陈寅恪《冯友兰中国哲学史下册审查报告》，《金明馆丛稿二编》，生活·读书·新知三联书店2015年版，第282页。

无疑是在西学的刺激、影响下发展本土学术。中国传统学术需要外来学说、理论的刺激与拓展,既是谁也阻挡不了的必然趋势,也是时代惠赐的绝佳良机。中华民族一向不善于推理思辨,更看重文学的实用价值、追求纵情直观的欣赏。中国语文亦单体独文、组词成句时颇富颠倒错综之美。而且,古代书写、版刻相对比较困难,文人往往集评论者、研究者、作者、读者等多重身份于一体,彼此间具有"共同的阅读背景、表达习惯、思维方式、感受联想"[1]等。凡此种种,决定了"中国文学批评的特色乃是印象的而不是思辨的,是直觉的而不是理论的,是诗歌的而不是散文的,是重点式的而不是整体式的"[2]。反映在著述形态中,便是多从经验、印象出发,以诗话、序跋、评点、笔记、札记等相对零碎的形式呈现,带有笼统性和随意性,缺乏实证性和系统性。近代以来,不少有识之士如梁启超、王国维等先生,在西学的熏沐、刺激下憬然而醒,积极汲取西方理论和方法,为中国传统学术研究开辟出一片崭新的天地。胡适、傅斯年等民国学人沿着他们的足迹,在"救亡图存"的时代旋律鼓动下,掀起蓬蓬勃勃的"新文化运动",更加全面地引入西方理论、观念、方法、话语等,按照各自的理解和方式应用在"整理国故"实践中,在西学的参照下重建起现代学术。此后中国学术的发展,大体是在他们奠定的基础上拓展、深化。

---

[1] 叶嘉莹:《王国维及其文学批评》,北京大学出版社2014年版,第118页。
[2] 同上书,第111页。

民国学人的开辟、奠基之功,可谓大矣!

中华民族素来以"承百代之流而会乎当今之变"(郭象注《庄子·天运》语)的观点看待历史和当下的关系。[1] 我们生逢今日之世,接续传统、回应西学,实为需要承担的一体两面之重任,缺一不可:对自己的文化传统没有继承,就没有东西和别人交流,永远趴在地上拾人遗穗,甚或没有鉴别力,将"洋垃圾"当"珍宝"供奉;而故步自封、无视西学,又会错失时代赋予我们的创新良机,治学难以"预流"。[2] 相对而言,经历了百余年欧风美雨的冲刷和众所周知的劫难之后,如何接续传统越来越成了问题。特别是改革开放以来,学术界和出版界携手,大量译介西方人文社会科学理论著作和海外汉学研究论著,如影响颇大的"汉译世界学术名著"和"海外中国研究"丛书等,皆有数百种之多。这些论著的译介,于本土人文学术研究开拓视域、更新方法等功不可没,但同时,学界也仿佛患了"失语症",出现一味模仿海外汉学风格的不良倾向。"只要西方思想

---

[1] 参见刘家和《史学在中国传统学术中的地位》,《史学、经学与思想:在世界史背景下对于中国古代历史文化的思考》,北京师范大学出版社2005年版,第88页。

[2] 这里借用陈寅恪先生的说法。陈先生治学,有强烈的"预流"意识,在《陈垣敦煌劫余录序》一文中他说:"一时代之学术,必有其新材料与新问题。取用此材料,以研求问题,则为此时代学术之新潮流。治学之士,得预于此潮流者,谓之预流(借用佛教初果之名)。其未得预者,谓之未入流。此古今学术史之通义,非彼闭门造车之徒,所能同喻者也。"(陈寅恪:《金明馆丛稿二编》,第266页。)

稍有风吹草动（主要还是从美国转贩的）"，便有人"兴风作浪一番，而且立即用之于中国书的解读上面"[1]。这种模仿或套用，不仅体现在研究方法和论题选择上，有时甚或反映在价值取向和情感认同中。有学者将这称为"汉学心态"，提到文化上的"自我殖民化"的高度予以批判。[2] 在此背景下，自言"一生受的教育都是西方文化影响下的'新学'教育"的费孝通先生，晚年阅读陈寅恪、梁漱溟、钱穆等前辈的著作，敏锐思考和回应信息交流愈来愈便捷的全球化时代民族文化转型的挑战，提出了"文化自觉"这个获得广泛共鸣的议题，呼吁当下最紧迫的是培养"能够把有深厚中国文化根底的老一代学者的学术遗产继承下来的队伍"[3]。学术是文化的核心，"学术自觉"是"文化自觉"的应有之义和关键所在。近年哲学界"中国哲学合法性"、文学界"传统文论的现代转化"、美术界"构建中国美术观"等讨论颇热的话题，皆可看作本土"学术自觉"的表征，共同汇聚成"构建中国特色哲学社会科学"这一时代命题。[4] 站在这样的角度考虑问题，民国学人的论著无疑可以给我们带来丰

---

[1] 余英时：《怎样读中国书》，《余英时文集》第8卷，广西师范大学出版社2014年版，第395页。
[2] 参见包伟民《走出"汉学心态"：中国古代历史研究方法论刍议》（载《中国社会科学评价》2015年第3期）、顾明栋《汉学与汉学主义：中国研究之批判》（载《南京大学学报》2010年第1期）等文。
[3] 费孝通：《关于"文化自觉"的一些自白》，载《学术研究》2003年第7期。
[4] 参见习近平《在哲学社会科学工作座谈会上的讲话》，载《人民日报》2016年5月19日。

富的启示。

民国时期是中国社会从传统到现代的转型期，中西思想文化、旧学新知碰撞、交融发生的"化合"反应，远比我们想象的要复杂得多：既有固守传统观念、家数者，也有采用新观念、新方法者，还有似新却旧、似旧还新、新旧间杂者……只不过长期以来，在"西学东渐"的大背景下，我们对这段学术史的梳理、回顾往往彰显、肯定的是那些和西学类似的论著及面相。然而，在构建中国特色哲学社会科学、提升理论创新能力成为时代命题的崭新历史条件下，恰恰是那些被遮蔽的论著及面相，更具有参考价值。因为治学如积薪，以对西学的理解、借用而言，我们已后来居上，倒是这些论著在古今中西的通观视域中，坚守民族文化本位立场，汲取西方学术优长，进而促进优秀传统文化创造性转化和创新性发展的尝试和努力，长期以来被以"保守""落后"的判词给予了冷眼、否定，今天值得换一种眼光、花点工夫好好提炼、总结，因为这正是我们构建中华自身学术体系的可能萌蘖。诗学研究因为与创作体验、母语特性、民族心理、文化基因等关系更为密切，这方面的借鉴意义显得尤其迫切、突出。

我们欣喜地看到，最近几年，喜欢欣赏、创作诗词的朋友在逐渐增多，中小学加大了诗词教学比重，《中共中央关于繁荣发展社会主义文艺的意见（2015年10月3日）》亦强调"做好古籍整理、经典出版、义理阐释、社会普及工作"，加强对中华诗词出版物的扶持。[1] 全社会越来越意识到诗词之于陶冶情操、净化风气、传承中华优秀文化基因的重要性。不过，我们也要清醒地认识诗词传承面临的严峻形势。毋庸讳言，当下诗词氛围已十分稀薄，能够切理餍心、鞭辟入里地解说诗词或将诗词写得地道的人非常罕见。大多数从事诗学研究的学者已不再创作，现行评价、考核体系要求于他们的，不过是从外部审视、抽绎出种种文学史知识，这很难说能触及中华诗词的真血脉、真精魂。在此情势下，与其组织人马"炮制"一些隔靴搔痒、搬来搬去的"新著"，不如将传统文化氛围还很浓郁、诗词仍以"活态"传承着的民国时期诞生的有价值的论著重新整理出版：一方面，使饱含着先辈心血的精金美玉不至于湮没在历史的尘埃中；另一方面，也使当下喜欢诗词的朋友得识门径，由此解悟。这里特别需要说明的是，任何艺术都有一定的规则、法度，中华诗词的欣赏、创作亦然。初学者尤其需要通过深入浅出、简明扼要的入门书籍指引，掌握规则、法度。然而，又没有万能之法，"在丰富生动的创作实践中，任何'法'都会有失灵的时候；面对浩如烟海的作品，任何'法'都会有反例存在"[2]。由"法"达到对"法"的超越，进而"以无法为法"（纪昀《唐人试律说·序》），"行乎其所不得不行，止乎其所不得不止。

---

[1] 参见《中共中央关于繁荣发展社会主义文艺的意见（2015年10月3日）》，载《人民日报》2015年10月20日。
[2] 陈斐：《南宋唐诗选本与诗学考论》，大象出版社2013年版，第208页。

无用法之迹，而法自行乎其中"（李锳《诗法易简录》），才是中华诗词欣赏、创作的向上之路，希望大家于此措意焉。

近年来，随着逐渐升温的"国学热""民国热"，诸家出版社纷纷重版民国国学研究著作，陆续推出了不少丛书，如东方出版社的"民国学术经典文库"、江苏文艺出版社的"北斗丛书"、吉林人民出版社的"大师国学馆"、岳麓书社的"民国学术文化名著"、知识产权出版社的"民国文丛"、中国社会科学出版社的"民国学术经典丛书"等。这些丛书虽然也涉及了诗学论著，但往往是王国维《人间词话》、龙榆生《中国韵文史》、吴梅《词学通论》等少数几部。其实，还有很多具有较高学术价值或普及价值的民国诗学论著，1949年以后从来没有点校重版过。最近几年出版的"民国时期文学研究丛书""民国诗歌史著集成""民国诗词作法丛书""民国诗词学文献珍本整理与研究"等丛刊，虽然较为集中地收录了民国诗学研究某一体式或某一领域的论著，但或影印或繁体重排，都没有校勘记，且大多不零售，定价普遍较高，虽有功学界，然不便普及。有鉴于此，我们拟选编整理一套兼顾学术性和普及性的诗学专题文献库——"民国诗学论著丛刊"，以推动中华诗词的研究、创作和普及。

我们这次整理"民国诗学论著丛刊"，抱着"发潜德之幽光，启来哲以通途"的宗旨，在扎实、详细的书目调查的基础上，主要选刊民国时期成书的与诗、词、曲等广义的古典诗歌相关的论著。在理论、观念、方法、话语乃至撰著形态、体例等方面，则秉持开放包容的态度，古今中西兼收并蓄，以较为全面地呈现民国诗学研究的多元气象和立体景观。在实际操作中，大致按照撰著内容和体例，分为"史论编""法度编""选注编"等编，分辑滚动推出。"史论编"主要选刊诗学史论著作，如梁昆《宋诗派别论》、宛敏灏《二晏及其词》等；"法度编"主要选刊谈论、介绍诗词创作法度、门径的书籍，如顾佛影《填词百法》、顾实《诗法捷要》等；"选注编"重刊有价值的诗歌选本或注本，重要者加以校注、赏析。当然，这只是大致的分类。民国学人往往能够将创作和研究相结合，他们撰写的不少史论著作亦有介绍作法的内容，不少讲解法度的书籍亦会涉及史论，我们不过根据内容偏重及著作题名权宜区分罢了。诗话、词话及新诗研究论著等，因为已有"民国诗话丛编""中国新文学大系""民国文学珍稀文献集成"等大型文献资料集出版或列入出版计划，故暂且不予收录。

每部拟刊的论著，我们都约请在该领域有专门研究的功底扎实、学风谨严的中青年学者进行整理，并在前面撰写"导读"，以引导读者更好地理解原著。整理时，我们征询专家意见，制定了详密的工作细则，既改繁体竖排为简体横排，又参照古籍整理规范出严格的校勘记，争取形成可以传世的、雅俗共赏的"新定本"。版式、用纸、装帧等方面，则发扬讲究细节、精益求精的"工匠精神"，以提高阅读率为标的，处处流露着为读者考虑的温情。这些看似小事，实则关乎民族文化的传承和国民素养的提升。资深出版人、中华书局原副总编辑程毅中先生就曾指出，在商业利益的驱动下，现在很多出版社和书店都喜欢出版、销售大部头、豪华版的书，这些书定价高，消耗的纸浆和能源也多，但手里拿不动，不便于阅读和随身携带，对阅读率有负面影响。[1]我们充分考虑到了读者朋友在节奏紧张、时间零碎的现代社会里的阅读需求，所收论著都是内容精到、装帧便携的"贵金属"，人们在地铁上、候车时、临睡前、旅途之中、工作之余、休闲之刻……都可以顺手翻上几页，随时接受中华诗词的浸润，从而切切实实地提高国民的图书阅读率，为接续诗词命脉、传承中华优秀文化基因、营建"书香社会"略尽绵薄。

总之，精到稀见的选目、中肯解颐的导读、专业严谨的整理、美观大方的装帧，是我们的"民国诗学论著丛刊"为坊间类似丛书不可替代的鲜明特色及核心竞争力所在。感谢文化艺术出版社杨斌、郝庆军、陶玮等领导与编辑们的大力支持，让我们酝酿多年的设想从内容到形式都能得到近乎理想的实现。从会议结束后的偶遇交谈到正式签订出版合同，不到一周时间，这种一拍即合的灵犀相通亦堪称一段佳话。感谢众多专家、学者的耐心指导和辛勤耕耘！ 正是共同的发扬、传承中华诗词的

---

[1] 参见李小龙《丹铅绚烂焕文章——程毅中编审访谈录》，载《文艺研究》2017年第1期。

责任感和使命感让我们走到了一起,"正其谊不谋其利,明其道不计其功"(《汉书·董仲舒传》)。希望越来越多的读者喜欢这套丛刊,由此领略中华诗词之美;希望越来越多的学者为我们出谋划策或加入我们的整理团队,一起呵护好这项功德无量的出版工程,让千载不磨之诗心在我们和后辈的生命中得到生生不已的感发!

叶嘉莹 陈斐

2016 年 10 月 28 日草稿
2016 年 11 月 1 日修订

导读

一

《诗学初范》《诗学进阶》是两本前后相续的诗学论著,内容侧重作诗法,兼及赏鉴,是民国时期出版界较有影响的两种诗学著作。中国夙称"诗的国度",《风》《骚》以后,作者繁兴,自唐逮宋,益臻其极,降及元、明、清,其中以诗名世者,代有闻人。随着诗歌繁荣而兴起的诗学、诗话著作亦层出不穷,难以枚举。这些诗学著作的内容大多集中在抒写心得、藻鉴古今。而对于初学写诗的方法和科程则较少专著,此类书籍宋元之际有《学吟珍珠囊》《诗苑丛珠》《诗学大成》等,而《圆机活法》更是历明清两代广为流传、影响巨大的诗学启蒙读物,塾师往往以之授徒,在奠定读书人诗歌基础知识与基本技能方面具有重要地位。但这些诗学启蒙读物一般除著录于目录外,很少有人专门研究。这是因为古人作诗应举,这些诗学初阶性的知识是每个读书人必须掌握的基本技能,而学诗者一旦入门,就会追求探索更深的学习层次,没有必要再浪费笔墨论述这些基础知识了,因此就会对这类讲授入门知识的书籍弃之不顾。

但是时至晚清民国,由于西学东渐的影响,我们国家整体学术结构发生了巨大的变化。尤其在受到新文化运动的冲击之后,许多人开始写作新诗、白话文。文学环境的骤变,致使传统诗词、文言日趋式微。旧体诗词的创作氛围的这种淡化,使之逐渐成为一种专门之学。但是也有一批有志于传统文化的知识分子,以保存国故为己任,把诗词、文言的写作和传承看成继承中国文学传统的重要门径,自觉担负起保存旧文学的使命。在传统中国社会里,诗词、古文是传统知识分子抒情达意的最佳方式,它们主要在士大夫群体之中流传,通过师徒相传的方式授受传承。由于民国以后社会整体学术环境的变化,古人学习诗文的传承方式已难以延续,因此,针对当时学习者的需要,社会上出现了一大批"写诗教材"。

这些类似教材性质的诗学论著以教授格律诗词写作为目的,专门为初学诗歌创作者而作,它们自成体系,通俗易懂,有自学读本的功能,出版发行后深受读者欢迎,产生了较大的社会影响。这些著作帮助学习者解决初学时的一些基本问题,起到"无师自通"的学习效果。它们带来了教学方式的巨大转变,传统诗学教育师徒相授受的模式,逐渐变为书本与读者之间的交流,口传心授转换为文本交流,便捷有效。同时与市场的互动,加速了精英文化的大众化进程,所以此类著作一时间如雨后春笋,层出不穷,其中比较知名的有袁若愚《学诗初例》、张涛《诗法浅说》、顾亭铠《学诗指南》、顾宪融《作诗百日通》、胡怀琛《诗的作法》、施瑛《旧诗作法讲话》、金铁盦《诗法入门作诗百日通》、范烟桥《作诗门径》等，而这期间发行最大、影响最广的则无过于包含《诗学初范》《诗学进阶》两种的《古今诗学大全》。

《古今诗学大全》是一套体系完备的诗学丛书，1926年由上海世界书局编纂出版。此书的《序》《例言》等均未标注编纂者姓名，仅称"编者"，又据《例言》中"本书为学诗者便利起见，将诗之方法格式韵脚材料及应读之诗、有关于诗之游戏等，一切搜罗，汇为一部"等语来看，此书当是上海世界书局的编辑根据当时社会的需要自行编纂的一部著作。上海世界书局是民国时期一家著名的民营出版发行企业，1917年由沈知方（1882—1939）在上海创办，1921年从独资企业改组为股份有限公司，设编辑所、发行所和印刷厂，在各大城市设分局30余处，沈知方任总经理。初期以出版小说为主，是鸳鸯蝴蝶派主要出版阵地。从1924年起主要编辑出版中小学教科书，与商务印书馆、中华书局出版的教科书三足鼎立。该书局灵魂人物沈知方是出版界的一位奇才，善于运营畅销书籍。他熟悉一般市民读者的阅读趣味，在策划畅销书题材方面，有着过人的天分与胆识。1926年前后，书局进入全盛阶段。根据读者的需求，书局推出了一系列丛书，如孙本文主编的《社会学丛书》、刘麟生主编的《中国文学丛书》、陈德征主编的《新国民丛书》等，其中文学创作及理论书籍是这一时期出版的重点之一，《古今诗学大全》正是在这一背景下编纂出版的。

《古今诗学大全》共由《诗学初范》《诗学进阶》《古今诗宗》《诗料大观》《诗趣丛辑》《诗韵汇海》六种著作组成。此书"探源穷本，详厥体例"，以明白晓畅、普通合用作为全书总旨，"将诗之方法格式韵脚材料及应读之诗、有关于诗之游戏等，一切搜罗，汇为一部"，以便初学者学习所用。"更捃摭古今各家诸说，凡有裨于诗学者，一一列入，俾将诗学精髓、各家派别，汇为一起，以供学诗者探索"。并且"选古今各体名著，以示模范作诗取材，以及属于诗学之小品"，附于全书之后，以备学者参考。根据《例言》可知，其中"第三《古今诗宗》，为读诗者设也。第四《诗料大观》，为作诗者设也。第五《诗趣丛辑》，则以诗为游戏消遣之作品，所以增益学诗之兴趣者也。第八《诗韵汇海》，则学诗者人人案头必备之书也"，基本上都是辅助性质的资料汇编，于诗法、诗学罕有发明。因此本次"民国诗学论著丛刊"，笔者选取其中《诗学初范》《诗学进阶》加以点校整理，以觇其大略。

二

本书第一部分为《诗学初范》，共分为八章，"为未学诗者设也"，详细地介绍了诗歌的体式、格律、结构、句法等问题。第一章从读诗、作诗的次第开始谈起，编纂者认为读诗、作诗的次第必从古歌谣之语意明白者始,其次是读五言古诗,又其次读七言古诗。无论五言、七言古诗,宜先读短篇,渐及长篇,才能循序渐进,便于初学。后七章则从平仄、结构、体裁、造句、对仗、押韵分别作了讲解,充分考虑到读者的定位是初学者的程度,有着简明、通俗、易操作的特点,针对性和实用性较强。比如:要学作诗,必须先辨四声、平仄,第二章《平仄》中不仅讲明辨别四声的方法,并把平、仄字按照不同的类目一一罗列出来,便于学习者查找。而且把五、七言律诗四种不同句式的平仄变化,通过举例的方式,用具体的诗歌做了说明。读者只需记住这些句式及平仄的变通的基本方法,就可随手应用、挥洒自如了。第三章讲结构,以破题、束题、诗腹、诗尾的写作技法告诉读者起承转合的规律,使初学作诗者有据可循。第四章分别对诗歌体裁的常体和杂体做了举例示范。第五章专门讲造句之法,除句法通例外,编者详细示范了杜诗句法、句中用字法、句中炼字法的运用,试图解决读者在造句方面的困惑。第六章着眼于对仗,对类歌诀按韵分编,包罗天文、地理、花木、鸟兽、人物、器物等的虚实应对。从单字对到双字对,三字对、五字对、七字对到十一字对,声韵协调,朗朗上口,让读者从中得到语音、词汇、修辞的训练。第七、八章则讲解了押韵和对仗的技巧及忌讳。可以说,《诗学初范》是为初学作诗者而设的,基本讲清楚了诗歌构成的外部形式,掌握了它,读者就基本能写出一首合格律的诗,但并不意味着能写出一首优秀的诗篇。因此,就有了《诗学初范》的后续之作《诗学进阶》。《诗学进阶》"为已学诗者更求进步设也",它从辨体、读法、作法、诗境、诗忌、诗诀、诗论、诗话八个方面入手,系统地阐述了比诗歌的外部形式更为重要的内在理路,为读者提升自己对诗歌的深入理解以及创作境界的提升打下较为牢实的基础。《诗学进阶》为已学诗者的进一步提高而作,内容翔实,深入浅出,可以作为初学作诗者人人案头必备之书。《诗学初范》《诗学进阶》两书内容虽各成体系,但先后一贯,初学诗者手此一编,既可得作诗法度之端委,又可省却东寻西找之麻烦,信乎循入诗学堂庑之佳作也。

三

据编纂者所写《例言》称:"本书所载,或见于前人之专集,或出于近代之流传,原原本本,迥非凭空杜撰、不信无征者可比。……间有窃附己意、斟酌损益者,计全书不逮百分之十。"由此可知,本书主要采用纂辑式方式进行编撰,即汇编古代书籍相关言论成书。自撰内容不到十分之一,因此编纂者把此书自附于"述而不作,信而好古"之列。由于此书"限于篇幅,未遑载明出处",所以读者骤读难以了解其渊源所自。据笔者研究考证,书中百分之九十以上的内容都有出处,基本上是从已有的古代论诗著作中摘录而来,引用较多的有《沧浪诗话》《木天禁语》《诗学禁脔》《学诗指南》《诗法正宗》等书。为了说明具体征引情况，现以具体章节为例。

《诗学初范》的第三章《结构》，第二节《破题》、第三节《束题》、第四节《诗腹》、第五节《诗尾》全部引自《文彧诗格》。

《诗学初范》的第四章《体裁》中第四节《诗体总叙》全部引自《沧浪诗话》的《诗体》部分。

《诗学初范》的第五章《造句》中第一节《句法通例》引自范梈的《木天禁语》。

《诗学初范》的第六章《对仗》中第三节《诗对常法》、第四节《诗对变化》引自《诗苑类格》、第五节《对类歌诀》一节引用了《声律启蒙》全文。

《诗学初范》的第七章《押韵》引自《学诗指南》第八章。

《诗学进阶》的第一章《辨体》中第五节《诗格实例》引自范梈的《诗学禁脔》、第五节《各体诗溯源》引自《学诗指南》第二章。

《诗学进阶》的第二章《读法》中第一节《名言》全部引自《学诗指南》的第一章《论读杜法》这一部分、第二节《评古》全部引自《沧浪诗话》的《诗评》这一部分、第三节《四得四失》、第四节《上中下说》全部引自《金针诗格》。

《诗学进阶》的第三章《作法》中第一节《作诗难易说》全部引自《诗法正宗》、第三节《作诗准绳》、第四节《因应要旨》

引自《学诗指南》第七章、第五节《各体诗作法》、第六节《命题》引自《学诗指南》第四章、第七节《用韵》、第八节《古今韵考及用法》引自《学诗指南》第七章、第九节《作诗法会通》全部引自杨载的《诗法家数》。

《诗学进阶》的第四章《诗境》中第二节《诗家四则》、第三节《诗家十则》引自《学诗指南》第二章、第四节《诗境二十种》引自《学诗指南》第八章。

《诗学进阶》的第五章《诗忌》中第三节《律诗八病》引自《诗人玉屑》卷十一、第四节《五戒》引自《学诗指南》第五章。

《诗学进阶》的第六章《诗诀》中第一节《十要》全部引自《学诗指南》、第二节《五事》全部引自揭傒斯的《诗法正宗》、第三节《琐言》全部引自《沧浪诗话》的《诗法》这一部分。

《诗学进阶》的第八章《诗话》全部引自叶梦得的《石林诗话》。

通过上述分析可知,《诗学初范》《诗学进阶》两书中相关内容确实是言必有出、信而可征的。

四

本书仅见1926年上海世界书局出版的石印本一个版本,1991年浙江古籍出版社又据此本影印出版。因此本次整理即以浙江古籍出版社的影印本为底本,结合书中内容是从已有的论诗著作中摘录的特点，校本则选取所引论诗著作，如《沧浪诗话》《诗人玉屑》《木天禁语》《木天禁脔》《诗法正宗》《诗法家数》《学诗指南》等，订正了书中的一些讹误。

在中国的诗学传统中，创作无疑具有核心的地位。实践是学习诗歌的不二法门，如果不会作诗，是很难真正进入诗歌的世界中来的，更是难以领会到诗歌的传神之处。中国学问主张学以致用，诗歌亦是如此。吟诵欣赏阐释固然是一种运用，而创作具有更强的致用性。在创作实践中，如何安排字词的运用，要考虑格律、考虑句法、考虑篇章、考虑起兴、考虑气韵等等，每个字词都要和作品融为一体。只有在浑然一体的境界中，诗句才能获得生命力，才能产生无穷的韵致、深远的意蕴。《朱子读书法》中说道："读书，须是看著他缝罅处，方寻得道理透彻。若不见得缝罅，无由入得。看见缝罅时，脉络自开。""学者初看文字，只见得个浑沦物事。久久看作三两片，以至于十数片，方是长进。如庖丁解牛，目视无全牛，是也。"同样，诗歌创作也是这个道理，要看得字词间的脉络缝罅，从而达到目视无牛的境界。因此只有通过创作，才能真正提升对作品的理解力和感受力。

然而初学作诗者，面对浩如烟海的诗集、选本和诗话，常常有茫乎莫辨之感。好学之士，如果没有老师传授作诗方法，只靠自己埋首苦读，非至十数年之功不能获其诀窍。于是很多人都觉得写诗很难，尤其难在入门，不知该如何下手。读过背过很多诗，一旦要写一首，便如入五里雾中，只觉深奥而不可探询，便没有勇气继续作下去了。所以大多数诗歌爱好者，往往止步于鉴赏分析，对写作有着触不可及的感叹。

　　本书是一本较好的传统诗学入门著作，是一本专门针对古典诗歌爱好者和初学者所写的基础读物。它能够帮助读者由浅入深、循序渐进地迈入古典诗歌创作的正途，并在不断的磨砺中提高，水到渠成地写出平仄协调、押韵合律、对仗工整、用典贴切的诗来。当然，古典诗歌写作中精巧微妙的部分，这本小书是不可能全部讲解清楚的。要想写出优秀的古典诗歌，必须建立在对我国博大精深的传统文化的理解和融会的基础之上，这是需要长期的学习和浸润才能达到的。这本小书如果能为您今后的诗歌学习和提高提供一些帮助，就是我们最大的荣幸了。

顾大朋
2017年6月于新疆阿克苏

目录

《古今诗学大全》序 | 1
《古今诗学大全》例言 | 1

诗学初范

第一章
浅说 | 3
第一节 读诗次第 | 3
第二节 读诗与作诗不同之点 | 3
第三节 读作之一贯 | 4

第二章
平仄 | 7
第一节 四声辨法 | 7
第二节 分类平仄字选 | 8
第三节 律诗平仄格式 | 30
第四节 平仄之变通与必要 | 33

第三章

结构 | 36

第一节　起承转合 | 36

第二节　破题 | 36

第三节　束题 | 38

第四节　诗腹 | 39

第五节　诗尾 | 39

第四章

体裁 | 40

第一节　常体说明 | 40

第二节　杂体说明 | 43

第三节　杂体诗举例 | 48

第四节　诗体总叙 | 58

第五章

造句 | 65

第一节　句法通例 | 65

第二节　杜诗句法举隅 | 68

第三节　句中用字法 | 69
第四节　字法一斑 | 73
第五节　句中炼字法 | 74

第六章
对仗 | 77
第一节　总说 | 77
第二节　对法六要 | 78
第三节　诗对常法 | 78
第四节　诗对变化 | 83
第五节　对类歌诀 | 86

第七章
押韵 | 111
第一节　总说 | 111
第二节　虚字押韵 | 113
第三节　倒字押韵 | 114

第八章
用典 | 115
第一节　总说 | 115
第二节　三贵 | 115
第三节　三忌 | 116

诗学进阶

第一章
辨体 | 121
第一节　六义三体说 | 121
第二节　辨体举例 | 123
第三节　明体暗体诗举例 | 125
第四节　各体诗溯源 | 126
第五节　诗格实例 | 134
第六节　诗格摘锦 | 144

第二章
读法 | 146

第一节 名言 | 146
第二节 评古 | 147
第三节 四得四失 | 152
第四节 上中下说 | 153

第三章
作法 | 154
第一节 作诗难易说 | 154
第二节 意句字 | 155
第三节 作诗准绳 | 158
第四节 因应要旨 | 159
第五节 各体诗作法 | 161
第六节 命题 | 164
第七节 用韵 | 164
第八节 古韵今韵考及用法 | 165
第九节 作诗法会通 | 169

第四章
诗境 | 173

第一节　骨髓 | 173

第二节　诗家四则 | 176

第三节　诗家十则 | 177

第四节　诗境二十种 | 180

第五章

诗忌 | 183

第一节　四不入格 | 183

第二节　五忌 | 183

第三节　律诗八病 | 183

第四节　五戒 | 185

第六章

诗诀 | 188

第一节　十要 | 188

第二节　五事 | 194

第三节　琐言 | 197

第七章
诗论 | 199

第八章
诗话 | 205

本次整理征引文献 | 214

《古今诗学大全》序

诗本有韵之文，其所以别于文者，以其语短情长、可歌可泣。故《三百篇》中，抒情寓怨之作实居多数；《离骚》虽变其体，要亦古诗之遗也。东汉以后，作者繁兴，自唐逮宋，益臻其极。元、明间诗学虽见寝衰，然而以诗鸣者，犹代有闻人。降及清代，诗学大昌，著作如林，不可枚举，其讨论前人之作品、而为后来之楷模者，亦精妙入微、纤屑靡遗。顾对于初学法程，每少专书，故凡研究诗学者，虽有穷年累月，而犹不能窥其堂奥，遑论其入作者之室、而探骊龙之珠也。其最流传之各家选本或诗话，只可作能诗者之参考，设授初学，必致瞠目咋舌、茫乎莫辨矣。于是遂将诗文判为二途，能文者或不善作韵语，能诗者则又自居为独得之秘。好学之士，苟无师授，亦惟孜孜砣砣于古今各家专集，非至十数年之功，每不能获其诀窍，以是学诗，不其难乎！挽近因文体变更，诗学益复庞杂，专家著述，非法古贱今，偏于深邃，即尊今陋古，涉于俚鄙，学者对此，几入五里雾中，莫知径途矣。要知法古者，亦须知当今之趋向；尊今者，亦须辨往此之源流，万不容有所偏颇也。编者本一得之愚，爰有《古今诗学大全》之辑，探源穷本，详厥体例，以便初学者浏览。更捃摭古今各家诸说，凡有裨于诗学者，一一列入，俾将诗学精髓、各家派别，汇为一起，以供读者探索。并选古今各体名著，以示模范作诗取材，以及属于诗学之小品，亦附诸编末，藉备参考。虽颜之曰"大全"，而挂一漏万之讥，或仍不免于大雅焉，有能进而教之者，则幸甚。

民国十五年一月编者谨识

《古今诗学大全》例言

本书为学诗者便利起见,将诗之方法格式韵脚材料及应读之诗、有关于诗之游戏等,一切搜罗,汇为一部。手此一书,于学诗可以完全无憾,省却东寻西找、散乱不完,故定名为古今诗学大全。

本书共分六编,计十四册。第一《诗学初范》,为未学诗者设也。第二《诗学进阶》,为已学诗者更求进步设也。第三《古今诗宗》,为读诗者设也。第四《诗料大观》,为作诗者设也。第五《诗趣丛辑》,则以诗为游戏消遣之作品,所以增益学诗之兴趣者也。第六《诗韵汇海》,则学诗者人人案头必备之书也。综此六编,以成一部,分之各自成书,合之亦后先一贯。

本书所载,或见于前人之专集,或出于近代之流传,原原本本,迥非凭空杜撰、不信无征者可比,惟限于篇幅,未遑载明出处。间有窃附己意、斟酌损益者,计全书不逮百分之十。要以明白晓畅普通合用为归,敢自附于"述而不作,信而好古"之例。

本书排列次序,悉照近代最新方法,并参合学诗原则，俾学者循序渐进，免劳而无功、博而寡要之弊。惟诗学一道，见仁见智，自昔即不能一致，"神而明之，存乎其人"，若谓"悬之国门，一字不易"，则吾岂敢。

本书极注意于下学上达，故于四声、对仗亦详细指示，使向于诗学未尝从事者，亦得依类研求，收一旦豁然贯通之效。不辞卑迩，正欲为行远登高之助。

古今诗资，汗牛充栋。本书择其切合实用者列入，得此全编，可谓无俟外求。惟限于篇幅，挂一漏万，仍恐不免，识者谅之。

本书于总目之外，另附细目。如欲检查，亦称极便。

本书句读分明，字迹清楚，颇与学诗相宜。以视鲁鱼亥豕，讹误至不堪卒读者，似有上下床之别。

编者识

诗学初范

第一章
浅说

第一节　读诗次第

　　学诗必先读诗。诗之缘起，起于歌谣，故必先取古歌谣之语意明白者，约数十首，读之烂熟。盖歌谣虽不调平仄，其句法亦三字、四字、五字、七字，长短不定，而韵则无不叶，且章法绝短，措语如白话，故读之易熟易记。譬如"子曰子曰，麻雀吃菜叶"两句，虽三四龄之小孩，亦能学诵，且能永久不忘者，岂非以其短而叶韵乎？况已解文字者，尚有趣味之可寻也。其次则读五言古诗。又其次读七言古诗。惟五七言古诗，亦宜先读短篇，渐及长篇，且尤必择其语意浅显、而又有趣味者，乃能百读不厌，便于学步也。

第二节　读诗与作诗不同之点

　　尝见某君著《作诗法》一篇，于《读法》一章，谓：读诗贵平仄分明，声调出于自然，则觉意味深长、乐趣自生，彼好高骛远者，每令学者先读古诗，殊不知由此入手，不窬不步而趋，故学诗断不宜先学古体，而读诗尤不宜先读古风，盖古诗平仄无定，读之每难顺口云云。

按此仅为初学读诗计，不为初学作诗计也。盖读平仄调和之诗，固觉顺口而生乐趣，而令作平仄调和之诗，则又觉棘手而不胜其苦。尝呷唔半日，仅得一两句，而平仄仍有未调者。即调矣，而字数杂凑，不知所云。况既讲平仄，必不仅作绝诗，而兼作律诗矣。律诗必讲对仗，对仗不容易白描，必须搜寻典故，是于一难之外、又生二难。并此三难，以求所谓诗者，往往有费去许多工夫，终以诗之难成，而半途废弃者；而于偶然吐属、毫不经意之妙句，反因此而失之。此而在自修者，谓之自窒性灵，求入窘境；在教授诗学者，谓之舍易求难，以遏抑人之天机。故如某君之言，实未敢赞同也。

第三节　读作之一贯

夫吾言读诗而并及作诗者，盖以先读何种诗，必令先作何种诗，读与作虽两事而实一贯也。即仅以读诗论，如某君言"古诗平仄无定，读之每难顺口"者，亦未尽然。何言之？盖古诗虽不调平仄，然亦有天然之音节，且又押韵，究竟与读四书五经不同。昔刘大勤问渔洋先生曰："古诗虽异于律，但每句之间，亦必平仄均匀，读之始响亮。其用平仄之法，于无定式之中，亦有定式否？"答曰："毋论古、律，正体、拗体，皆有天然音节，所谓天籁也。唐宋元明诸大家，无一字不谐，是无定式中有定式矣。"故初学但能辨明四声，而于读古诗时，字之平上去入，无令读差，并于押韵字，读之分外响亮，则天然之音节，自能渐渐读出。久而久之，非但读诗有乐趣，即令学作古诗，亦决不至于哑然无音节也。而况读书本为作诗地步，欲令先作古诗，又安得不令先读古诗乎？

而或者曰："古体诗，法律宽而意境深；近体诗，法律严而意境浅。初学而先令作古体，是犹学字者，不先习楷而学狂草；学画者，不先工笔而学写意，看似易而实难也。"殊不知学诗非学字画可比，诗有天籁，最可宝贵。法律全是人造，受其束缚，处处拘谨。古诗意境虽深，然妙理自在天壤。年少之人，亦颇有能悟到者。故法律无论宽严，终与性灵远；意境无论浅深，终与性灵近。更何患古体之不便初学也！

不宁惟是，今试问诗之作也，先有古体乎？抑先有近体乎？诗三百篇，大半系里巷歌谣之作，曷尝有声调格律之可讲乎？又律诗起于唐。唐以前之学诗者，舍古体，将安学乎？观此则诗宜先学何体？可不烦言而解矣。至谓初学古体有四便：一、不拘平仄。二、不用对偶。三、韵可通转。四、句法长短参差可不拘者。尚非吾论诗首重性灵之本意也。

能取古诗数十首熟读之，并其中深长之意味，皆能心领神会，然后随拈一题，如对花望月、春日即事、秋夜怀人等。兴之所至，或咏二句或四句，或五句六句，每句字数或五言，或七言，或长短句相间，均无不可。惟韵则不能不叶，盖韵不叶，则不得谓之诗也。

第二章 平仄

第一节 四声辨法

初学作诗,宜先辨四声。四声者,平、上、去、入是也。从前读书,读时必按四声,即在儿童识字时,亦将四声列入。故一旦作诗,平仄自易分晓。近则教者、学者,于四声不甚注意,学诗者颇感困难,兹特将辨四声之方法,汇列如下[1]。

一、任读何书,于字旁加点。平点左角下,上点左角上,去点右角上,入点右角下。读时悉依照四声,自行注意,习而久之,平仄随口呼出矣。

二、将"一、二、三、四、五、六、七、八、九、十"字,"甲、乙、丙、丁、戊、己、庚、辛、壬、癸"字,"子、丑、寅、卯、辰、巳、午、未、申、酉、戌、亥"字,共三十二字,时时调熟,以类推于其他各字。

三、按照律诗声调,多读律诗,以自然知其平仄。遇有疑

---

[1] 如下　底本作"如左",据此次整理版式改。下文径改,不再出校记。

难之字,则查韵书,及记忆既多,平仄自能了如指掌。

四、平时将韵书时时翻检,或将平仄各字手抄一遍,而另行提出其平仄通用之字,经此手续,平仄各字,自不至遗忘或误用(参看平仄字类)。

四声中上、去、入皆属仄声,余皆平声。此平仄所以能赅括四声也。

四声之辨别,口诀云:"平声平道莫低昂,上声高呼猛烈强,去声分明传远道,入声短促急收藏。"学者但将平、上、去、入四字,仔细辨别其声,即得。又各字皆有四声(亦有止三声者),例如"文"字平声,"愤"即为上,"问"即为去,"物"即为入;"支"字平声,"子"即为上,"置"即为去,"执"即为入,均可以此类推。

第二节　分类平仄字选

天文(平)

天 雷 风 云 霜 虹 霓 星 辰 烟 冰 霖 旸 晴 曦 氛 岚 飑 飚 霞 晖 霄 穹 空 暾

天文（仄）

日月雨露宿斗雾雪霰电雹旭霭霁霖汉

时令（平）

年时春秋冬朝宵昏晨旬更晴期暮晡曛今龄辰

时令（仄）

日月岁暮晓午曙晚夕夜节昼腊暑早晚夏望旦朔闰刻顷晏夙候季瞑昨昔宿载晦霁曇曩

地理（平）

坑崙畲峒郛垆磐陴陉坻畿坊山冈峰峦坟川濆江湖潮湘涛潭溪津池河汀沙滩洲波渊泥沟湾源流淮涂渠湑澜涯滨濠藩堤城坪埃坡场墟垣尘墼茔基庄崖街畦疆畴矶碑乡邦都郊圻阶陵邱原林桥村阡塘岩岐京关泉丛溪皋田岑邮墙篱陂园州梁边坛途冰泾沂瀍浒潢污浜杠

地理（仄）

堑 陆 垒 薮 阱 坞 垛 墥 坫 堵 遂 峤 土 地 海 水 沼 沚 泽 涧 浦 滘 洞 港 潦 漨 浪 浒 汹 沛 渭 泮 汉 汝 墓 穴 岭 峡 市 道 路 省 邑 局 县 里 岸 堡 野 郭 岛 巇 径 党 磡 塾 垤 巷 岫 屺 岵 陌 囚 域 垄 壁 境 塈 圹 国 岳 坂 砌 隧 界 亩 浍 畎 洛 囿 潦 宇 宙 渚 潊 屿 阜 埠 圳 填 櫟 涘

宫室（平）

曹 牢 囹 桁 荣 廊 椿 围 阛 渠 阁 阐 橡 寮 桃 墙 邻 家 林 阶 园 巢 楼 台 庭 亭 宫 庐 房 祠 檐 楹 扉 门 闾 堂 庵 窗 廷 邮 朝 栏 衙 闺 窑 坛 斋 轩 篱 厨 廛 墀 庄 龛 窝 杆 塘 城 棚 庞 营 宸 坳 椋 垣 枨 枋 闸 闾 瓴 瓯 砖

宫室（仄）

室 苑 舍 馆 屋 禁 院 宅 户 殿 寺 刹 店 榭 墅 壁 槛 囡 囷 井 阁 阙 庙 闸 境 厦 邸 库 铺 府 廪 宇 驿 厩 观 阆 堵 寨 厂 瓦 地 所 厕 径 架 廓 堞 垒 阃 臬 坫 陛 塛 甗 漏 奥 栋 桅 楣 庋

器皿（平）

纕钉绳竿[1]缯橧甒罍靮铃[2]铃翎铏硎簋舟船车屏簾帷床盘帆舷杯觞樽瓶枱筜砧梳筒箕灯缸筵针锥锅钩锄镰镫瓢箪枷牌梁棋杆筌筐箩箱籤壶炉瓯罂盂铛篙铆杠缶觥毹枰樯帘衾椎蓑铊桴标舣槎煲箍笯簟笼栊磁桡釭扉机煤槃筛旛遮盅舆轮升锣刀鞔辀衣裳裙冠袍衫靴鞋丝罗纱囊签权棬衡绥筹鞭鞍环绵巾犁锹裒幢钗簪钩

器皿（仄）

甑扆铎楔钹粿筏笏绔戟黼绂箔柝[3]屦舫艇盖几席釜斗尺帐鼎扇烛斧帚盏碓榻枕棍棒杖柠镜笥剪箸筥瓮架案幕碟锉锯簟笠椅杓椟柜橹椰铰轭桨箧幔橐缆罟斝簠簋舰匣锁碗漏盒凳笏网篸枰桶礭钥桌帜耙钵甑篾岱杠极砍柺凿榼幌笕楫线伞屐笔纸砚墨画尘觿管钶钏袄印绶

---

[1] 本类"竿"字重出，酌删其一。
[2] 本类"铃"字重出，酌删其一。
[3] 本类"柝"字重出，酌删其一。

布帛（平　通器皿）

丝绡罗绫纨绨纱縑绵麻绝绸绒繻缯巾紽韦条

布帛（仄　通器皿）

布帛纻缎练缟缕絮绣葛锦线茧纾绉䌷褶纻

服用（平　通器皿）

衣冠帷裳袍巾裙靴绅衫裘鞋钗环襟袖缨毡袈
裾襦绦笄脂胭旒簪针艫筒襌裈衸鎞镰綦

服用（仄　通器皿）

服冕弁绶组帔履帽袴袂袖被帻珥褥衲袜袄袷
屟屦屣带佩褆[1]褐褓衽裤氅笏袒舄几襆缄帢帼帨

---

[1] 本类"褆"字重出, 酌删其一。

珍宝（平　通器皿）

金银铜铅钱镛晶圭璋琼琚珍瑶球璜珠玑珊玻璃玟瑜珰琅玕瑚琮珩环

珍宝（仄　通器皿）

玉玺宝璧珥琥玛贝锡铁翠艳瑙珀珮瑧璲玖琎琏璞縠珏

文学（仄　亦与器皿通）

字稿纸笔墨砚简帖史画赋策卷典信易传礼簿柬子札集叙跋谱志记句篆牒说行绝令牍册籍版帙

文学（平　亦与器皿通）

诗词经书文笺章编歌图谣

武事（平　通器皿）

弓刀戈矛锤旗旌干[1]旄斿旃[2]幢枪鞭鞍弰椎车兵盔铁弦錾镩锋瞿刘枪橄锄锹铓弧扬靴鍪桴蓥橐营

武事（仄　通器皿）

甲胄刃矢剑箭斾弹旆镞戟钺斧毂炮铳弩铠槊盾栅寨队阵毂鞴鞯鞾鞬角

音乐（平　亦通器皿）

钟琴箫琶笙簧篪埙锣竿笆笳镛弦箜篌靴鍪钲铙鼛讴歌筝

音乐（仄　亦通器皿）

鼓瑟磬筑笛柷管籥敔曲调引板角拍

---

[1] 干　底本作"千"，据文意酌改。
[2] 旃　底本后衍一"旄"字，"旄"属仄声，在后文已出，此处删。

饮食（平）

茶 羹 糕 酥 汤 膏 饧 醅 醨 浆 糖 糟 菹 殽 粮 油 盐 酏 馇
糇 餷 醯 饴 粮 馒 酸 丸 飧 飱 糜 醪 醍 鲭 齑 薪 瓜 饢 糠 粢 粼

饮食（仄）

酒 饭 饼 饵 面 粥 酿 醴 酝 脯 肉 脍 胙 膳 醢 茗 戬 蜜 炙
醋 酱 曲 橄 糅 黍 稷 酪 醷 醽 笋 韭 藿 醑

人物（平）

人 王 皇 侯 公 卿 君 臣 夫 民 妻 师 朋 孙 宾 童 儿 男 儒
婆 僧 奴 媒 妃 嫔 姬 娃 娼 姑 娥 嫱 嬟 娘 嫦 孀 姻 姝 娇 娟 姨
嬛 婚 郎 渔 侬 侪 仙 僮 俦 伻 他 伊 倪 娶 樵 兵 农 工 商 兄 丁
哥 夷 酋 谁 予 蛮 爷 徒 亲 爹 禅 尼 翁 丞 官 胥 医 巫 孩 戎 仇
吾 昆 耆 神 贤 厮 甥 曾 礽 云

人物（仄）

父子[1]叔伯子弟侄姊妹娣妇姆婢媾婶媳姥媛妯娌娅妁妪奶妗妈妓仆价使佛侣伴你傅主客友牧竖妾宰母祖帝汝尔匠敌寇贾旅卒将帅伍相吏我史女婿盗觊贼舅后媵稚老皂隶鬼圣辈己蛋叟嫂彼崇魃僵魔嫠佣氓倭傀俳优僚来军宗舆台

身体（平）

身心头唇肝肠胸膛瞳肩眉睛肌皮肤腰牙喉躯拳腮肱眸毛筋骸脐咙躬辫膀肪脾胱筋肢胎臁颏髯臀髦鬟魂髭须形颜翎鳞颧膏肓眦眶鬃髻睁吭尻精神涎津

身体（仄）

口齿舌眼耳髻项背手指臂脊颈腹面脚目鼻领首股项脸肚胫膝肺脏腑腩胆膊肋肘腋脉臆胴腿腕膈颊嘴足骼骨血肾颔甲趾胃角吻睫爪窍膜踵髻羽

---

[1] 本类"子"字重出，酌删其一。

尾翅翼壳顶气汗肉拇辅额鬓沫屎尿溺蚓髓魄

花木草（平）

花梅葩荷桃楂榴橙柑橼樱枇杷梧桐松杨枝根槐椿榆枌榛栲楠梗杶檀枫棕柯槎杈樟枒榕㯙株榱楸莲蓉葵兰茎苞莩芦苹蘩菱茨萱蕉芝麻藤菰蒲葑苓蔬姜莼芽茶菠薇茅苔芙荆萝葡芸蔷葭茄茹芹莪蒿苹莓葫葱萍藜芜莼蒜蓂蒹禾秧苗麻桑糠粮萟匏筠棠梁梨蓬

花木草（仄）

惢榄蒂杏萼叶菓柳枣荔藕粟栗柚橘桂柘蔗菊李絮艾蕾核笋稻谷麦藻茆稼黍米菽荞穗秝穉菲芥秬荠菜苎蕨葛荳稗苋菌木树枳枸梓杞柏竹薜栋棘梗栲楧抄槿药蓼茗草卉椷苇芷荻荚茜楚夏荇藿芍芰蕹炙蕙蘖

飞禽（平 通兽介虫）

禽鸾鹏鸠鸦鸿鸥凫鸡鹓鹃鹰鹅鹦鸮鹈鸢鹑鹣

鹔鸤鹂鸳鸯鴐鹨鹕雕鹅鸽（雏鸿）鸡鹥鹯乌鸲凰

飞禽（仄　通兽介虫）

乌鹊鹤鹄鸽鹳鹭鸭鹜鵰（鹬鹪鹘鹝）鸰燕凤雁鹗鹜鹦鹧鹉雀

走兽（平　通禽介虫）

麒麟熊罴狐狸狼貔狄驼麋羊麈驴狮猿獐驹骢犀牛猪豚猫骊猴骓骝骃骅龙貂猱猊羝獖猣麟狮骖骈骀驽

走兽（仄　通禽介虫）

虎豹象马豕犊犬麑骥狗貉獬兔兽鹿鼠豸骕骆麝狈豺狢狞骆骠犰犴

鳞介（平　通禽兽虫）

龙蛟鼋鼍龟鱼鳌鲲鲨鲸鳣鳅鲛鲐鳟虾鲰鳝鲜鮀鲢鳐鲟鲈鲮鳟鲂鮦鳞鲦鮰鲵鲢鲔鲍鲟鳗鮟鲺鳞

鳔 鲆 鲵 鳙 鲑 鲆 虬 鲸 鲚

鳞介（仄　通禽兽虫）

鲽 鳎 鲶 鲋 蚌 蟹 鲨 蚬 鲜 鲅 蛤 鲤 鲫 鳡 鲈 鳠 鲔 鳢 鳅 鳃 蟒 鳜 蚓 鳖 鲫 蠡

昆虫（平　通禽兽介）

虫 蝉 蜩 蜂 蝗 蜈 蚕 蛾 蜻 蝾 蝴 虹 蜓 蜘 蛛 蚊 蟥 蛴 螬 螯 螳 蟾 螂 蚨 蟾 蜍 蜗 蟆 蛉 蚯 蟒 蜉 蝼 蝇 蛋 鳌 蟠 萤 蜞 蛄 螃 蠊 蛇 蟒 蚣 蚬 虮

昆虫（仄　通禽兽介）

蚁 蝶 蛤 蚧 蟀 虱 蛱 蜊 蜢 蜾 蝈 蠹 蜜 蛭 蠋 蚌 蛰 蛹 蝎 蟋 蟀 蠃 蚰 蜴 蠖 蜥 蚱 蚪 蚓 蟥

朝国（平）

齐 燕 吴 秦 韩 曹 任 邠 滕 陈 梁 周 幽 虞 邾 明 徐 唐 巴

随殷商原邹元鄾清隋凡邦郕茅邗[1]郇[2]廊防黎申鄑鄢[3]丰妫姬羌荆舒郢岐京青扬闽鄬鄀邰蛮胡郲郐郰苏郧刘皇

朝国（仄）

潞密[4]顿管祝[5]蓟扈甫吕许伍氾姒宋楚鲁郑薛魏晋卫赵汉杞越蔡夏莒鄪蜀狄虢桧葛亳滑毕耿邓颍[6]息绞蓼蒋濮叶邶郈费粤柏[7]

颜色（平）

綦缇文青[8]章纁彤银娇纯红黄青蓝乌金苍朱丹皤缁斑绯黎黳灰赭骊元

---

[1] 邗　底本作"邘"，据文意酌改。
[2] 郇　底本"朝国（仄）"类衍，酌删。
[3] 鄢　底本作"鄟"，据文意酌改。
[4] 密　底本作"蜜"，据文意酌改。
[5] 祝　底本作"视"，据文意酌改。
[6] 颍　底本作"颖"，据文意酌改。
[7] 柏　底本作"伯"，据文意酌改。
[8] 本类"青"字重出，酌删其一。

颜色（仄）

白绿碧赤采紫翠黑彩赭绛[1]绀素缟皎皓黛粉杂皂锦黝垩黼黻曤

四方（平）

周了斜巅隈围环偏全东西南中旁边间前端横尖梢头元坳隅湾

四方（仄）

北外上下左右内底里曲际侧角面畔末后始继最殿径正直首尾卒麓鏬次顶

数目（平）

三双千重孤单多频群盈余零奇钧勼铢锱毫厘全丝分常寻兼莚连终初

---

[1]绛　底本作"缝"，据文意酌改。

数目（仄）

一 二 四 五 六 七 八 九 十 百 万 几 数 屡 再 独 偶 每 只 两 镒 亿 半 倍 各 什 伍 对 顷 满 匹 锕 片 尺 寸 丈 秭 忽 碎 秒 暂 渐 乍 久 略 间 并

天干地支（平）

丁 庚 辛 壬 寅 辰 申

天干地支（仄）

甲 乙 丙 戊 己 癸 子 丑 卯 巳 午 未 酉 戌 亥

卦名（平）

乾 坤 屯 蒙 师 需 谦 随 颐 临 升 咸 恒 丰 睽

卦名（仄）

困 萃 巽 兑 坎 损 益 豫 贲 比 观 震 艮 剥 复 晋 井 涣 节 姤 鼎 革 旅 遯 蹇 解 否 夬 泰 渐 讼 履 大畜 小畜 大有 噬嗑

未济 既济 大壮 中孚 小过 大过 归妹 家人 明夷 无妄

半实字（平）

韬风凉晴侔侨娇光愆尤機禳耆英雄龄谋吟癃
图痴机官疵羞租基思贫年谗寒穷根阳声腔音言词
仪歌形容威刑风丰颜绞痕瘢文神魂情香怀才材财
规模姿资名时阴方群支枝源型流禅勋团条行思踪
惊衷功愁恩权仁悲仙欢婚缘聪爻灾祥祺愚贤凡班
科仇妆姻期程奸冤雠魔

半实字（仄）

氏谥劫话谊债爵禄诀料计位学兴韵色响调典
语句迹影意象相样阵势队景力分志念气血脉品质
性姓禀味体态度量数法事物道理义貌行梦魄步器
派翰学业术艺技息给格式朵颗节卜卦怨恨悯歉泪
虑福祸患害利礼信孝友病症疾疥慧智蠢察惠欲慾
悌勇富俸况例略德泽

虚字（平　性情类）

仁忠恩愁忧诚乖骄哀悲娇痴恭良温和刚柔真宽贪廉沈潜浮虚谦奀明冥烦顽卑尊惭严勤[1]孱威奢悭嚣方端庸尖哀颓公私横驯纯羞呆灵聪贤愚刁邪奸文狂清污贞淫华喧荣欢慈伤肥豪雄夸矜怜饥寒劳离谗馋仪容安

虚字（仄　性情类）

性道德智信志孝友惠礼慾善恶（亦作半实）哲毅木朴讷简让耻忍喜怒悦乐笑惧[2]欲敬睦笃傲懒慢惰怠怯俭悔拙巧慧钝蠢壮弱雅勇猛武懦急缓鄙陋劣逸俗秀介耿赘倨直伪躁静定泰淡愧恻隐疾病弊恒厚诈爱宠重恐恃敏速蕴闷快跌懵亢戆曲利

至虚字（平　助语词）

兹今始终斯其如能堪无非皆何胡俱咸宜当凡须虽谁惟然将几奚而应聊因缘由尤弥旋还刚门相

---

[1] 本类"勤"字重出，酌删其一。
[2] 本类"惧"字重出，酌删其一。

同 于 云 之 哉 焉 乎 间 休 曾 都 常 频 尝 姑 仍 疑 夫 耶 欤 无
才 方 空 徒 申 前 先 教 时 恒 诚 原 爰 翻 安 端 全 那

至虚字（仄　助语词）

有 不 未 只 必 尚 已 故 固 或 况 又 更 似 若 却 但 第 草
否 也 者 矣 此 共 可 是 以 怎 自 且 欲[1] 曷 比 迨 各 合 异 始
并 便 任 与 及 至 既 倍 为 竟 料 抑 免 则 即 盖 盍 最 偶 矧 乃
岂 肯 惯 定 殆 所 枉 苟 倘 使 妄 总 足 实 恍 宛 在 果 特 快 底
抵 乐 久 暂 渐 忽 遂 尽 聿 毕 究 竟 要 亦 岂 讵 勿 独

虚中死字（平）

坚 微 徐 修 高 崇 空 虚 遥 绵 邅 疏 幽 华 荣 优 多 希 稀
卑 欢 炎 凉 寒 良 端 安 康 廉 甜 恬 清 酣 宁 光 平 闲 休 佳 精
融 元 亨 贞 饶 乾 嘉 庄 匡 尊 严 齐 强 频 昌 方 圆 刚 柔 宽 荒
温 和 恭 谦 慈 间 珍 沉 浮 潜 深 真 周 文 新 鲜 低 慵 勤 劳 停
眈 明 昏 忙 迟 先 香 芬 芳 奇 长 佳 周 纷 迁 贫 穷 妍 嬉 匀 干
酸 浓 肥 轻 纤 尖 狂 危 私 公 凄 忠 能 余 歪 湮 雍 奸 连 邪 伤
怡 初 完 横 斜 祥 祯 纯 驯 娇 残 全 宜 谐 专 殊 非 馨 淳 英 雄

---

[1] 本类"欲"字重出，酌删其一。

豪 常 诚 洪 盈 艰 难 辛 甘 顽 终 澄 单 孤 贪 污 喧 惏 臁 精 粗
淫 贞 亨 屯 醒 宏 盲 聋 哗 讹 同 嚣 焦 浇 寥 辽 么 中 隆 丰 凶
兕 工 蒙 重 怨 岐 熙 欹 兴 衹 咸 徽 浑 晞 娱 无 濡 腴 枯 劬 呱
斋 均 彬 洵 群 芬 欣 蕃 冤 存 漫 鳏 孱 煸 前 颠 嫒 萧 迢 调 枭
超 饶 韶 昭 佻 陶 滔 飂 颇 了 赊 夸 瑕 遑 详 洋 猖 昌 惶 汪 成
赢 倾 娉 婷 零 冥 悠 差 稠 遒 佯 偷 森 佥 诚

虚中死字（仄）

宠 勇 尢 重 冢 大 也 壅 恐 竦 悚 耸 靡 迤 侈 弛 美 轨 喜
宄 死 似 襄 始 峙 伟 趑 是 也 菲 斐 巨 阻 着 古 煦 普 鲁 聚 卤
腐 武 苦 俯 瞽 怒 悌 济 底 骇 采 彩 殆 倍 尽 忍 准 泯 牝 窘 陨
紧 隐 潜 奋 谨 近 忿 本 远 损 晚 稳 婉 蹇 恳 早[1] 暖 短 满 缓
急 懒 侃 罕 坦 限 简 善 赧 浅 与 显 舛 扁 鲜 跣 洒 卜 表 了
少 晓 杪 眇 矫 杳 皎 嫋 窕 褭 巧 饱 狡 姣 皓 宝 老 好 恼 倒 燥
躁 浩 左 可 果 琐 妥 惰 跛 裸 脞 野 雅 寡 她 快 朗 昶 柱 迕 昉
爽 广 永 莽 整 颖 静 幸 眚 炳 哽 耿 併 靓 骾 炯 迥 醒[2] 酊 酪
并 等 有 首 后 久 厚 薄 丑 偶 昝 朽 垢 锦 审 甚 稔 懔 淡 坎 敢
惨 闇 俭 玷 险 忝 湛 潋 滟 黯 众 冻 伸 痛 空 重 治 利 义 瑞 智
异 备 易 粹 醉 贰 邃 懿 阒 秘 挚 至 愧 稿 贵 蔚 慰 曙 豫 遽 恕

---

[1] 本类"早"字重出，酌删其一。
[2] 本类"醒"字重出，酌删其一。

倨庶着固故裕妒误惧趣丽霁慧厉滞庋敝细翳泰替
外大害沛迈狯介隘懈怪快败内贱坏晦昧碍润废顺
峻吝儁迅濬进恨紊限困健钝嫩闷熳漫烂慢焕灿惋
瀚患晏便倦徧债耍妙耀少孝闹奥暴傲眊[1]躁耄旷
壮畅障当亮怅妄正盛庆净劲孟清定胜秀寿绣陋富
臭右透瘦疚谬皱暗艳熟速独馥麓穆睦覆秃燠奂澨
簸伏俗曲足辱促毒笃续酷溽缛卓驳倬剥邈督朴浊
确渥实质乙壹吉密逸佚失毕溢屈郁讫屹阙卒歇突
忽悖几猝惚凸滑虮未阔活渴赖点猾劫薨屑绝烈洁
拙热悦哲别杰劣彻谲冽苴薄恶略落弱约博错虐廓
烁绰恪涸怿迫瘵硕赜昔寂逖惕适直德则塞惑默
艮仄特忒恻侧亟崱歹息湿杂杳飒贴叠捷协浃愜帖
洽狭怯乏恰巢岌跲踬

人事活字（平　以在人用力言）

　　行回来归眠游瞻依催沽[2]居追看过观闻留寻
耕吟弹谈书耘交求倾斟添赊乘收迁藏舒开从当凭
临盟联登成生升争呼招逢迎吹敲征微题提增憎供
攻传歌怀忘离知支伤悲耽贪怜愁期祈猜燃穿磨焚

---

[1] 本类"眊"字重出，酌删其一。
[2] 本类"沽"字重出，酌删其一。

烧窥规垂邀通连研嗔填停悬称扬调餐煎笼绒含挥
删评裁谋陪围伸持拈操扶排抛拖钞摇撞掀抠挤捶
摧搜扛挨批扪擒捐搓扳拢撑翻牵凌封携衔沈滋消
摊挑担鸣声飘骛环趋攀遮推吞承摧张陈除询腾兴
浮还烹炊哦诛巡盘扦蟠回黏量祛游包渔樵酬输梦
占商修治维涵驱迷朝昭言经由存缠鞭浇加夸漂更
标逃遵苏嘲讥磋呈抽拿钩淋参冲充潜同穷容移宗
和侵横拘跻稽因偕申亲分奔宣安干求撩循摩縻图
镕艟擎查搽嫌忧赢搬翘攘

人事活字（亻 以在人用力言）

待视听挂上下受爱遇过吐望见访整送纵射绕
谢得活玩映抱梦拾负伐扫俗守舞坐别在拜泛订种
弄咏印壅长浸作记卧掷洗鼓聚满缀染激写战笑假
献贡戏践合立枕避喜食畏限敬儆洒阻赠捧隔犯放
易积接汲建调钓造逗罢赏卷代散出握唤学买卖把
发盹至往入住去处进退睡步到觉读唱叹对羡起借
把执秉挽打折托挣换贯伴问俟贮取曳系感触援悔
忆怯恨击寄遣展结屏递脱解恋诉泣话阅酬饮采洎
计改厌失倚凿效闵戒教属替慰带照落弋隐说辨检
制课举跳跃认看卜好览束附拂纳赐答列诵习浣扑

破启沐化濯慕画数抹涉踏奏拭搏絜引息与度揆谖
恼惹载怅获剪劝荐宴现摆锁鐩北复扣叩戴动正用
阻止适返驻歇灭括挞跌论蓄畜裹集叫宿速闪拉摄
管考讲究睹赌变奋恁愤逼历继绍治创舍道渡导没
盗窃撼指示措置寓御驭语怒训讨应走守越告诫诏
诘令布做拣选择摘养挺卫保补助救佐互达透荫闻
蔽踊跃拥竦悚耸踵表宠奉讽匿撮向背就警省醒证
敛跛拨练降滴谪驾议拟顾捕妒愬咏斫琢许试颂据
掖佩混侍企候贺御炼醉押设立建彻捉逐察树植造
制掣绘榻伏仗请索贷搭格革断闹废掬蹴坠堕恐僭
惧劫委漱辍诳诱煽惑致尽竭赴及

物类活字（平 以物之生动言）

开飞行来鸣交依遮充攻融通逢蒙笼镕扛撞支
移华吹离施知悲驰辞疑凝迎承司滋随维窥欹欺追
归居舒扶趋敷呼啼齐嘶栖迷排挨揩回摧堆推伸巡
驯皴循屯分言蹲奔吞攒抟蟠还攀前眠迁缠跳调消
飘漂捎逃歌和过磨摩加藏横惊生擎争盈成呈征倾
经膺升兴流收浮投侵寻临沈吟参含涵贪瞻添衔喃

物类活字（仄　以物之生动言）

动拥壅捧涌拱视徙喜止起语处举舞吐聚补洗抵解洒摆改在待载引泯隐近蕴愤喷返反管散伴断转啭喘浅眄卷展掉搅挠抱扫弹坐簸泻惹下上养盪长网荡往骋警挺醒吼守走寝饮枕噉撼搇染点飑闭犯送梦弄降至坠醉避侍沸畏去据裛度遇步怒附驻妒惧哺忤赴互怖仆护误诉铸付制卫济曳睇带拜曝退对背碍吠进润顺振奋曼怨恨乱绽战恋溅颤笑照摽踔报噪到贺过和课破坐卧化嫁谢亚怕驾望唱放向涨酿怅泳听定滕奏漱皱沁饮任荫浸占蘸服伏逐宿牧缩复育沐簌蓄沃续欲浴觉乐啄扑出逸溢拂屈郁没歇越脱夺抹撮拔节绝结别咽啮裂缀作信约跃著泊博积隔拍释惜掷滴激食蚀息匿织勒逼拭泐立集入湿吸蛰合答杂踏搭接贴涉叠挟躞喋插狎押怯嗟呷怙摄

第三节　律诗平仄格式

五、七言之平仄，其句法变换，只有四种。故绝诗四句，其平仄之变换已备。律诗则后四句与前四句其调同。又第一句以平平起，第二句首以仄仄承之，是谓平起仄受式。第一句以仄仄起，第二句首以平平承之，是谓仄起平受式。

五言律式（平起仄受）

平平仄仄平　仄仄仄平平
仄仄平平仄　平平仄仄平
平平平仄仄　仄仄仄平平
仄仄平平仄　平平仄仄平

又式（仄起平受）

仄仄仄平平　平平仄仄平
平平平仄仄　仄仄仄平平
仄仄平平仄　平平仄仄平
平平平仄仄　仄仄仄平平

上[1]二式，起句末字平声，均须押韵。若前式起句，改为平平平仄仄，后式起句，改为仄仄平平仄，则皆可以少押一韵。绝诗起句仿此。

---

[1] 上　底本作"右"，据此次整理版式改。下文径改，不再出校记。

七言律式（平起仄受）

平平仄仄仄平平　仄仄平平仄仄平
仄仄平平平仄仄　平平仄仄仄平平
平平仄仄平平仄　仄仄平平仄仄平
仄仄平平平仄仄　平平仄仄仄平平

又式（仄起平受）

仄仄平平仄仄平　平平仄仄仄平平
平平仄仄平平仄　仄仄平平仄仄平
仄仄平平平仄仄　平平仄仄仄平平
平平仄仄平平仄　仄仄平平仄仄平

上二式，起句末字平声，均须押韵。若前式起句，改为平平仄仄平平仄，后式起句，改为仄仄平平平仄仄，则皆可以少押一韵。绝句起句仿此。

读律诗平仄法

照上各式五言诗之读法，为上二下三。上二下三者，于上第二字，略加顿挫，而后读出下三字也。但第四字如为平声，亦宜曼声引长而后出第五字。又七言诗之读法，有二种：一为上二下五,于第二字略加顿挫,而后接读下五字;一为上四下三,于第四字略加顿挫,而后接读下三字。大凡句为平起者,读法均应上二下五。仄起者,读法均应上四下三。此一定之理也。

第四节　平仄之变通与必要

古人常谓:"一三五不论,二四六分明。"

一三五不论者,谓诗句中第一字、第三字、第五字,或当用平而用仄亦可,或当用仄而用平亦可,不必拘定也。

二四六分明者,谓诗句中第二字、第四字、第六字,当用平者一定用平,当用仄者一定用仄,不可移易也。如五言律,止论第二字、第四字耳。举例如后。

边城春怨(平起式)

春(平)风(平)昨(仄)夜(仄)到(仄)榆(平)关(平),
故(仄)国(仄)烟(平)花(平)想(仄)已(仄)残(平)。
少(仄)妇(仄)不(仄)知(平)归(平)未(仄)得(仄),
明(平)朝(平)应(仄)上(仄)望(仄)夫(平)山(平)。

戏赠看花（仄起式） **刘禹锡**

紫(仄)陌(仄)红(平)尘(平)拂(仄)面(仄)来(平)，
无(平)人(平)不(仄)道(仄)看(仄)花(平)回(平)。
玄(平)都(平)观(仄)里(仄)桃(平)千(平)树(仄)，
尽(仄)是(仄)刘(平)郎(平)去(仄)后(仄)栽(平)[1]。

以上二首，平仄不差一字，乃绝句正法。欲作律诗，不过依前半四句之平仄，再作四句。欲作排律，亦依前四句之平仄排之，对去至八句不止，便是排律也。

谢亭送客（平起式）

劳(平)歌(平)一(仄)曲(仄)解(仄)行(平)舟(平)，
红(平)叶(仄)青(平)山(平)水(仄)急(仄)流(平)。
日(仄)暮(仄)酒(仄)醒(平)人(平)已(仄)远(仄)，
满(仄)天(平)风(平)雨(仄)下(仄)西(平)楼(平)。

---

[1] 平　底本作"仄"，据诗律酌改。

月亭夏日（仄起式）

绿（仄）树（仄）阴（平）浓（平）夏（仄）日（仄）长（平），
楼（平）台（平）倒（仄）影（仄）入（仄）池（平）塘（平）。
⑭（仄）晶（平）㊉（平）动（仄）微（平）风（平）起（仄），
满（仄）架（仄）蔷（平）薇（平）一（仄）院（仄）香（平）。

以上二首其用圈者，乃不合平仄之字，正所谓一三五不论也。其二四六字，俱合平仄者，所谓二四六分明也。又二、四、六、八句第七字韵是平声，三、五、七句第七字要仄字。若是二、四、六、八句第七字韵是仄字，三、五、七句第七字宜用平声。第一句第七字，依二、四、六、八句韵亦可，不依亦可。五言律诗第五字，照七言例。

第三章 结构

第一节 起承转合

起如开门见山,突兀峥嵘;或如闲云出岫,轻逸自在。承如草蛇灰线,不即不离。转如洪波万顷,必有高源。合则风回气聚,渊深含蓄。然一句有一句之起承转合,一首有一首之起承转合,十首有十首之起承转合。今人做诗十首,只是情景反复,十首只有一首之意,盖不知起承转合之法也。故无论短篇长篇、古体近体,能将起承转合预为布置,则结构完密,首尾如一笔书矣。

第二节 破题

诗之起处,名曰破题,在律诗中为第一、第二句。或对景兴起,或比起,或引事起,或就题直起,要突兀高远,如狂风卷浪,势欲滔天。据古诗所载,约有五种破题之法。

一曰就题,用题目便为首句是也。周朴《湖州安吉县诗》:

"湖州安吉县，门外与云齐。"《登灵岩寺上方诗》："雨后灵岩寺上方，如何云者合思量。"张祜《春游东林寺诗》："一到东林寺，春深景致芳。"《禅月寄南行客诗》："见说南行客，迢迢有似无。"

二曰直致，就题中通变其事，以为首句是也。崔补阙《咏边庭雪》："万里一点白，长空鸟不飞。"此用一白字，伤其雪体，故云直致。周朴《登福唐县楼》："咸通五载后伏里，登此福唐县上楼。"又古人《早行诗》："早起赴前程，邻鸡尚未鸣。"

三曰离题，于题外取其首句，免有伤触是也。齐己《渔父诗》："湘潭春水满，湘岸草青青。"曹松《闻猨诗》："曾宿三巴路，今来愿不听。"禅月《牡丹诗》："万计交人买，华轩保惜深。"崔补阙《春闺》："寒食月明雨，落花香满泥。"林先辈《登山》："数歇未到顶，穿云势渐孤。"

四曰粘题，破题上下二句，重用其字是也。禅月诗："得力未得力，苦吟夏又残。"此乃一句内粘二字也。方干诗："至今未得力，至今犹苦吟。"此乃上下共粘二字也。《送僧诗》："一衲与一锡，一身索索轻。"此乃上下共粘三字也。《古诗》："行行重行行，与君生别离。"此乃一句粘四字也。《别友人诗》："昔年相别今又别，今别远将昔别同。"此乃两句粘四别字，又粘二今二昔字。大凡破题切详此例。

五曰入玄，取其意句绵密，只可以意会，不可以言宣也。贾岛《送人》："半夜长安雨，灯前越客心。"此乃上下句不言送人，而意在送人。郑谷《题雁》："八月悲风九月霜，蓼花红淡苇条黄。"此乃上下句不言雁，而意就雁也。欧阳詹《赠老僧》："笑向何人说古时，绳床竹杖自扶持。"此乃上下句不言老僧，而意见老僧。以上各种惟入玄最妙。

第三节　束题

诗有束题，亦称颔联。在律诗中为第三、第四句，或写意，或写景，或书事，或用事引证，要与破题连接，如骊龙之珠抱而不脱。其名束题者，束尽一篇之意也。据古诗所载，约有四到：

一曰句到意不到，"中秋月诗""此夜一轮满，清光何处无"是也。

二曰意到句不到，"咏扇诗""汗流浃背曾施力，气爽中秋便负心"是也。

三曰意句俱到，"咏柳诗""巫娥庙里低含雨，宋玉宅前斜带风"是也。

四曰意句俱不到，"除夜诗""高松飘雨雪，一室掩香灯"是也。

第四节　诗腹

诗之中腹，亦曰颈联，在律诗为第五、六句。或写意写景，或书事用事引证。亦与束题无异，惟须与束题相应相避，要变化百出，如疾雷破山，使观者惊愕。且为全篇精神所萃，必将情景曲曲传出方妙。据古诗所载，如《咏菊诗》"晚成终有分，欲采未过时"，此咏物，而寄意送人也。《下第诗》"晓楚山云满，春吴水树低"，此送人所经之处，而表明失意也。《别同志诗》"天淡沧浪晚，风悲兰杜秋"，此别时所经之景，情绪如绘也。

第五节　诗尾

诗之结尾，亦曰断句，亦曰落句，在律诗中为第七、八句。或就题结，或开一步，或缴足前段之意，或用事作证，或放一句作散场。要如剡溪之棹，自去自来，言有尽而意无穷。据古诗所载，如《登山诗》"更登奇尽处，天际一仙家"，此句意俱未尽也。《别同志诗》"前程吟此景，为子上高楼"，此乃句尽意未尽也。《春闺诗》"欲寄回文字，相思织不成"，此乃意句俱到也。

第四章 体裁

第一节　常体说明

五七言律诗（七言五言皆八句为律）

律诗者，调平仄，拘对偶，如法律之严也。一二句名起联，又名发句；三四句名颔联；五六句名颈联；七八句名落句、结句。语其体，则一篇之中，抒情写景，或因情而寓景，或触景以发情。大抵以格调为主，意兴为经，词句为纬，以浑厚为上，雅淡次之，秾艳又次之。要声响雄浑铿锵，伟健高远，沉静细嫩。若语其难易，则对句易工，结句难工，发句尤难工，七言视五言为难，五言不可加，七言不可减，为倍难。句要藏字，字要藏意，如连珠不断方妙。

五言古诗

五言古诗,不拘平仄,不定对偶,或随赋比兴。起须要寓意深远,托辞温厚,反复优游,雍容不迫。或感古怀今,或怀人伤己,或潇洒闲适。写景要雅淡,推人心之至情,怀感慨之微意,悲慨含蓄而不伤,美刺婉曲而不露,要有《三百篇》之微意也。

七言古诗

七言古诗,其平仄对偶,亦不甚拘。但要铺叙有开合,有风度,迢递险怪,雄峻铿锵,忌庸俗软腐。须是波澜开合,一波未平,一波复起。又如兵家之阵,方以为正,又复为奇,方以为奇,又复是正,出入变化,不可纪极。备此法者,惟李杜也。开合灿然,音韵铿然,法度森然,神思悠然,学问充然,议论超然。

排律

排律者,唐兴始有此体,用此律试士。其对偶平仄与律诗同,其起止照应与长篇古风同。于八句律诗之外,任意铺排联句,多寡不拘,不以锻炼为工,而以布置有序,首尾通贯为尚。

古风

古风者，稍异古诗，亦可用长短句也。不同排律拘平仄，律诗定对偶，用韵或长篇到底一韵，或数句一换。但要句法苍老，意格高古，不落时径。此律诗熟后，学问广博，情思超迈，方可为之。

绝句

绝句者，截律诗半首而为诗也。凡后两句对者，是截律诗前四句也；前两句对者，是截律诗后四句也；全篇皆对者，是截律诗中四句也；全不对者，是截律诗首尾四句也。虽正变不齐，而首尾布置，亦由四句为起承转合，故唐人绝句皆称律诗。其法要婉曲回环，删芜就简，绝句而意不绝。大抵以第三句为主，而第四句发之，有实接，有虚接。承接之间，开与合相关，反与正相依，顺与逆一应一呼一吸，宫商自该。然起承二句为难，法不过要平直叙起为佳，从容承之为妙。至如宛转变化工夫，全在第三句，若于此转变得好，则第四句如顺流之舟矣。

乐府

古乐府，音调有法，声词有律。以质古简奥，气格苍峻，而声韵锵然。然即事命题，名实多种：曰歌，曰行，曰吟，曰辞，曰曲，曰篇，曰咏，曰谣，曰叹，曰哀，曰怨，曰别。皆乐府之流派，乃诗之变体也，而总谓之乐府。

第二节　杂体说明

六言诗

六言者，以二、四、六字定平仄，其句以二字一转，或四字一换，六字一事者，但不能以二字、五字为一事一转者。然要字字着实，声调铿锵，或对或散，惟可不以闲散字成句也，亦诗人赋咏之余法耳。

杂句诗

五七言律诗、排律、绝句之外，复有五言、七言，或二句，或促句三体也。

促句诗

此体每三句一换韵，或平或仄，皆可不拘。

杂言诗

其诗体有七、五言韵间者，有三、五、七言各两句者，有一、三、五、七、九言各两句者，有一字至七字、八字、九字、十字者。

拗体诗

律诗平仄不差，则不失粘，一失粘则为拗体。或句拗字拗，亦为拗体。

蜂腰诗

凡律诗颔联不对，却以二句叙一事，而意与首两句相贯，至颈联方对者，谓之蜂腰体，言已断而复续也。

断弦诗

谓语似断弦，而意接气存，言虽不接，而脉亦相承，如藕断丝连也。

隔句诗

如绝句以第三句对首句，四句对二句也。

偷春诗

凡起联相对，而次联不对者，谓之偷春体，言如梅花偷春色而先开也。

回文诗（回文，顺读成一首，倒读成一首，今学者止学此法）

回文诗者，回环往复皆可成诗，始于窦滔妻苏蕙之回文诗。苏氏回文八百一十二字，纵横读之，得其三、四、五、六、七言诗三千七百五十二首，有反复无穷之妙。今之作回文，止顺读倒读，直可谓之回文耳。

仄起平起诗

谓每句第一字俱用仄声，或第一字俱平。

叠字诗

凡诗四句、八句、十句，或以六句用叠字，或以四句用叠字，或全叠字，用要自然。其叠字，不可单、不可换方妙，不然成俚语耳。

首尾吟诗

首尾吟者，一句而首尾皆用之也。

平头诗

句句第一字皆用，而句句意不可同也。

全仄全平诗

或五言、七言诗，字字俱用仄者，谓仄声体。字字要平声者，谓平声体。此体格句法自然者则妙，勉强为之，则生涩可厌。

四声诗

如八句诗二、四、六字眼俱用平声者，为平声体。如八句一句二、四、六字用平声字，二句二、四、六字为上声，三句平，四句又上，五句平，六句又上，七句平，八句又上，只是平一句、上一句，此为平上声体。又八句一句二、四、六字平声，二句二、四、六字去声，只是平声字眼一句、去声字眼一句，为平去声体。又八句一句平声，二句入声，至八句，为平入声体。大抵平声体八句，二、四、六字俱用平声，上、去、入三声者，皆隔一句用平也。

双声叠韵诗

双声者，同音而不同韵也。叠韵者，同音又同韵也。要以意图不碍声吻，故为此格。

杂韵诗

按诗家用韵有数端。一曰葫芦韵，先二韵后四韵是也。二曰辘轳韵，双出双入，每隔二句用韵是也。三曰进退韵，一进一退，隔一句用韵是也。四曰颠倒韵，四句用同两字为韵，略如反复诗者是也。五曰平仄两韵，句中平仄字各协韵者是也。

杂数诗

按诗以数为题者,如四时四气四色、五忆六忆、六甲六府、八音、十索十离、十二属、百年是也。有以数为诗者。如数名自一至十是也。

杂名诗

按诗有用建除十字出为诗者,有用星宿意串为诗者,有用州县道里名串为诗者,有用古人名串为诗者,有用宫殿屋室串为诗者,有用船车串为诗者,有用药草树鸟兽卦兆相名串为诗者。然诗体多端。在初学,要知如贯通后,任意为之,皆可入格。

第三节　杂体诗举例

六言诗体(以二、四、六字定平,失粘与律诗同)

送万臣
把酒晋君听琴,谁堪岁暮离心。
霜叶无风自落,秋云不雨空阴。

人愁荒村路细，马怯寒溪水深。

望尽青山独立，更知何处相寻。

（此诗首二句失粘，诗外杂体不妨，如律诗一失粘，则是拗体。）

苕溪酬梁耿别后见寄

溪山（平）永路（仄）何极，落日（仄）孤舟（平）解携。

鸟向（仄）平芜（平）远近，人随（平）曲水（仄）东西（平）。

白云（平）千里（仄）万里，明（平）月前溪（平）后溪。

惆怅（仄）长沙（平）来去（仄），江潭（平）芳草（仄）萋萋。

（六言诗以第六字押韵，虽平仄不整无碍，如"极"字、"里"字当平反仄、"携""溪"二字当仄反平，为韵是也。平声但要二、四字亲切，第六字不妨。或八句、四句则拘粘，如多句长篇，则拘二、四字，平仄不拘粘矣，纵失粘、无平仄，诗外体不妨，非律诗比。）

归山作

心事（仄）数茎（平）白发（仄），生涯（平）一片（仄）青山（平）。

空林（平）有雪（仄）相待，古道（仄）无人（平）独还。

("待"字若用平声,则韵同。"还"字若用仄声,则不同韵。杂诗所以不甚拘也。)

  桃红复含宿雨,柳绿更带朝烟。
  花落家童未扫,鸟啼山客犹眠。
(此诗失粘,不拘平仄,大抵诗家杂体俱不妨,止要理透。)

促句诗体

  江南秋色摧烦暑,夜来一枕芭蕉雨。
  家在江头白鸥浦,一生未归鬓如织。
  伤心日暮枫叶赤,偶然得句应题壁。
("暑""雨""浦"同韵,"织""赤""壁"同韵。)

杂言诗体

三五七言

  秋风(平)清,秋月(仄)明。
  叶落(仄)聚还(平)散,寒鸦(平)栖复(仄)惊。
  相思相见知何(平)日,此时(平)此夜难为(平)情。

一三五七九言

  游,愁。
  赤县远,丹思抽。

鹫岭寒风驶，龙河激水流。

既喜朝闻日复日，不觉季颓秋更秋。

已毕耆山本愿诚难在，终望持经振锡往扬州。

一至七字

咏酒

酒，酒。

酌来，饮取。

君莫诉，时难久。

偏乐少年，能娱老叟。

对月不可无，看花必须有。

于髡一醉一石，刘伶解酲五斗。

临行强[1]战三五场，酩酊更能相忆否。

一字至九字

联句

东，西。（鲍防）

步月，寻溪。（严维）

乌已宿，猿又啼。（郑概）

狂流碍石，迸笋穿磎。（成用）

---

[1] 行强 底本脱，据《学诗百法》（P.112）补。

望望人烟远，行行罗径迷。

探题只应尽墨，特赠更欲封泥。（允初）

松下流时何岁月，云中幽处屡攀跻。（张叔政）

乘兴不知山路远近，情缘莫问日过高低。（贾弇[1]）

静听足下潺潺足端濑，厌闻城中喧喧多鼓声。（周颂）

一字至十字
咏竹

竹，竹。

森寒，洁绿。

湘江头，渭水曲。

帷幔翠锦，戈矛苍玉。

心虚异众草，节劲踰凡木。

化龙枝入仙陂，呼凤律鸣空谷。

月娥巾帔静冉冉，风女笙竽清簌簌。

林间饮酒松影摇尊，石上围棋轻阴覆局。

屈大夫逐去徒悦芎兰，陶先生归来但寻松菊。

若论檀栾之操无敌于君，欲图潇洒之姿莫贤于仆。

---

[1] 弇　底本作"翁"，据文意酌改。

回文诗体

龟山回文（顺读成一首，倒读成一首）

潮回（平）暗浪（仄）雪山（平）倾，远浦（仄）渔舟（平）钓月（仄）明。

桥对（仄）寺门（平）松径（仄）小，槛当（平）泉眼（仄）石波（平）青。

迢迢（平）绿树（仄）江天（平）晓，霭霭（仄）红霞（平）海日（仄）晴。

遥望（仄）四边（平）云接（仄）水，碧峰（平）千点（仄）数鸥（平）轻。

（平仄亦同律诗。）

题织锦图回文

春晚（仄）落花（平）余碧（仄）草，夜凉（平）低月（仄）半梧（平）桐。

人随（平）雁远（仄）边城（平）暮，雨映（仄）疏帘（平）绣阁（仄）空。

仄起诗体（起字皆仄也）

题郑处士隐居

不信最清旷，及来愁已空。
数点石泉雨，一溪霜叶风。
业在有山处，道成无辜中。
酌尽一杯酒，老夫颜亦红。

叠字诗体

贡院垂成双莲呈瑞因成鄙语勉语士子

大厦垂垂就，佳莲得得开。
双双戴千佛，两两应三台。
欢意重重合，香风比比来。
人人宜自勉，济济作廷魁。

句句用字诗体

春日（无平仄）

春还春节美，春风春日过。
春心日日异，春情处处多。
处处春芳动，日日春情变。

春意春已繁,春人春不见。
不见怀春人,徒望春光新。
春愁春自结,春结谁能伸。
欲道春园趣,复忆春时人。
春人竟何在,空爽上春期。
独念春花落,还是惜春时。

全仄诗体(谓句中五字皆用仄声也)

五仄诗

月出断岸日,影照别舫背。
且独与妇饮,颇胜俗客对。
月渐上我席,暖色亦稍退。
岂必在秉烛,此景亦可爱。
(四十字皆仄声也。)

四声诗体

五平诗

幽栖眠疏窗[1],豪居凭高楼。

---

[1] 窗　底本作"聪",据《全唐诗》(P.7229)改。

浮沤惊跳丸，寒声思重裘。
床前垂文竿，巢边登轻舟。
虽无东皋田，还生渔父[1]忧。
（四十字皆平声也。）

平上声诗
屃云愁天低，久雨倚槛冷[2]。
丝禽藏荷香，锦鲤绕岛影。
心将时人乖，道与隐者静。
桐阴无深泉，所以有短绠。
（一句平声，一句上声。）

平去声诗
银蟾俱沉光，昼夜恨暗度。
何当乘云螭，面见上帝诉。
帝言阴灵欺，诏用利剑付。
回车诛群奸，自散万籁怒。
（一句平声，一句去声。）

---

[1] 渔父　《全唐诗》（P.7229）作"鱼乎"。
[2] 倚槛冷　底本作"倚泠槛"，据《全唐诗》（P.7229）改。

第四章 体裁

平入声诗

荒檐仍空阶，十日滴不歇。
青莎看成狂，白菊即欲没。
吴王荒金樽，越妾挟玉瑟。
当时虽愁霖，亦若惜落日。
（一句平声，一句入声。）

叠韵诗体（此体俱以韵为诗）

穿烟泉潺湲，触竹犊榖觫[1]。
荒篁香墙匡，熟鹿伏屋曲。
（第一句用一先韵，第三句用七阳韵，第二句、四句用一屋韵、为叠韵。）

东南路尽吴江畔，正是穷愁暮雨天。
鸥鹭不嫌斜雨岸，波涛欺得送风船。
偶逢岛寺停帆看，深羡渔翁下钓眠。
今古若论英达算，鸱夷高兴固无边。
（"畔""岸""看""算"相协，"天""船"[2]"眠""边"相协。）

---

[1] 榖觫 底本作"榖榖"，据《全唐诗》（P.7104）改。
[2] 船 底本作"般"，据上文改。

第四节　诗体总叙

风雅颂既亡，一变而为离骚，再变而为西汉五言，三变而为歌行杂体，四变而为沈宋律诗。五言起于李陵、苏武（或云枚乘），七言起于汉武柏梁，四言起于汉楚王傅孟韦，六言起于司农谷永，三言起于晋夏侯湛，九言起于高贵乡公。

以时[1]而论，则有建安体（汉末年号，曹子建父子及建安七子之诗），黄初体（魏年号，与建安相接，其体一也），正始体（魏年号，嵇、阮诸公之诗），太康体（晋年号，左思、潘岳、二张、二陆诸公之诗），元嘉体（宋年号，颜、鲍、谢诸公之诗），永明体（齐年号，齐诸公之诗），齐梁体（通两朝而言之），南北朝体（通魏周而言之，与齐梁体一也），唐初体（唐初犹袭陈隋之体），盛唐体（景云以后，开元、天宝诸公之诗），大历体（大历十才子之诗），元和体（元、白诸公），晚唐体，本事体（通前后而言之），元祐体（苏、黄、陈诸公），江西宗派体（山谷为之宗）。

以人而论，则有苏李体（李陵、苏武也），曹刘体（子建、公干也），陶体（渊明也），谢体（灵运也），徐庾体（徐陵、庾信也），沈宋体（佺期、之问也），陈拾遗体（陈子昂也），王杨卢骆体（王勃、杨炯、卢照邻、骆宾王），张曲江体（始兴文献

---

[1] 时　底本作"诗"，据《沧浪诗话校释》（P.52）改。

公九龄也），少陵体（杜甫也），太白体（李白也），高达夫体（高常侍适也），孟浩然体，岑嘉州体（岑参也），王右丞体（王维也），韦苏州体（韦应物也），韩昌黎体，柳子厚体，韦柳体（韦应物与仪曹合言之），李长吉体，李商隐体（即西昆体也），卢仝体，白乐天体，元白体（微之、乐天其体一也），杜牧之体，张籍王建体（谓乐府之体同也），贾岛体，孟郊体，杜荀鹤体，东坡体（苏轼也），山谷体，后山体（后山本学杜，其语似之者但数篇，他或似而不全，又与他则本其自体耳），王荆公体（公绝句最高，其得意处高出苏、黄、陈之上，而与唐人尚隔一关），邵康节体，陈简斋[1]体（陈去非与义也，亦江西之派而小异），杨诚斋体（其初学半山、后山，最后亦学绝句于唐人，已而弃尽诸家之体而别出机杼，盖其自序如此也）。

又有所谓选体（选诗时代不同、体制随异，今人例谓[2]五言古诗为选体，非也）。柏梁体（汉武帝与群臣共赋七言，每句用韵，后人谓此体为柏梁体），玉台体（《玉台集》乃徐陵所序，汉魏六朝之诗皆有之，或者但为纤艳者为玉台体，其实则不然），西昆体（即李商隐体，然兼温庭筠及本朝杨、刘诸公而名之也），香奁体（韩偓之诗皆裾裙脂粉之语，有《香奁集》），宫体（梁简文伤于轻靡，时号宫体），其它体制尚或不一，然大概不出此耳。

---

[1] 斋　底本作"齐"，据《沧浪诗话校释》（P.59）改。
[2] 谓　底本作"为"，据《沧浪诗话校释》（P.69）改。

有古诗、有近体（即律诗也）、有绝句。

有杂言，有三五七言［自三言而终以七言（隋郑世翼有此诗："秋风清，秋月明。落叶聚还散，寒鸦栖复惊。相思相见知何日，此时此夜难为情"）］，有半五六言（晋傅玄《鸿雁生塞北》之篇是也），有一字至七字（唐张南史《雪》《月》《花》《草》等篇是也）。又隋人应诏有三十字，凡三句七言、一句九言，不足为法，故不列于此也。

有三句之歌（高祖《大风歌》是也，《古华山畿》二十五首多三句之词，其它古人诗多如此者）。

有两句之歌（荆卿《易水歌》是也，又古诗有"青骢白马共，戏乐女儿子"之类皆两句之词也）。

有一句之歌（《汉书》"枹鼓不鸣董少年"，一句之歌也。又汉童谣"千乘万骑上北邙"，梁童谣"青丝白马寿阳来"，皆一句也）。

有口号（或四句，或八句），有歌行（古有鞠歌行、放歌行、长歌行、短歌行。又有单以歌名者、行名者，不可枚述），有乐府（汉成帝定郊祀、立乐府，采齐、楚、赵、魏之声以入乐府，以其音词可被丁弦歌也。乐府俱被众体，兼统众名也），有楚词（屈原以下仿楚词者，皆谓之楚词），有琴操（古有《水仙操》，辛德源所作；《别鹤操》，高陵牧子所作），有谣（沈炯有《独酌谣》，王昌龄有《箜篌谣》，穆天子之传有《白云谣》也），曰吟（古词有《陇头吟》，孔明有《梁父吟》，相如有《白头吟》，曰词（《选》有汉武《秋风词》，乐府有《木兰词》），曰引（古曲有《霹雳引》《走马引》《飞龙引》），曰咏（《选》有《五君咏》，唐储光羲有《群鸿咏》），曰曲（古有《大堤曲》，梁简文有《乌栖曲》），曰篇（《选》有《名都篇》《京洛篇》《白马篇》），曰唱（魏武帝有《气出唱》），曰弄（古乐府有《江南弄》），曰长调，曰短调，有四声，有八病（四声设于周颙，八病严于沈约。八病谓平头、上尾、蜂腰、鹤膝、大韵、小韵、旁纽、正纽之辨。作诗正不必拘此，蔽法不足据也），又有以叹名者（古词有《楚妃叹》《明君叹》），以愁名者（《文选》有《四愁》，乐府有《独处愁》），以哀名者（《选》有《七哀》，少陵有《八哀》），以怨名者（古词有《寒夜怨》《玉阶怨》），以思名者（太白有《静夜思》），以乐名者（齐武帝有《估客乐》，宋臧质有《石城乐》），以别名者（子美有《无家别》《垂老别》《新婚别》）。有全篇双声叠韵者（东坡"经字韵诗"是也），有全篇字皆平声者（天随子《夏日诗》四十字皆是平，又有一句全平一句全仄者），有全篇字皆仄声者（梅圣俞《酌酒与妇饮》之诗是也），有律诗上下句双用韵者（第一句、第三五七句，押一仄韵；第二句、第四六八句，押一平韵者。唐章碣有此体，不足为法，谩列于此，以备其体耳。又有四句平入之体、四句仄入之体，无关诗道，今皆不取），有辘轳韵者（双出双入），有进退韵者（一进一退），有古诗一韵两用者（《文选》曹子建《美女篇》有两"难"字，谢康乐《述祖德诗》有两"人"字，后多有之），有古诗一韵三用者（《文选》任彦升《哭范仆射》诗三用"情"字也），有古诗三韵六七用者（古《焦仲卿妻诗》是也），有古诗重用二十许韵者（《焦仲卿妻诗》是也），有古诗旁取六七许韵者（韩退之"此日足可惜"篇是也，凡杂用东、冬、江、阳、庚、青六韵。欧阳公谓：退之遇宽韵则故旁入他韵，非也。此乃用古韵耳，于集韵自见之），有古诗全不押韵者（古《采莲曲》是也），有律诗至百五十韵者（少陵有古韵律诗，白乐天亦有之，而本朝王黄州有百五十韵五言律），有律诗止三韵者（唐人有六句五言律，如李益诗"汉家今上郡，秦塞古长城。有日云常惨，无风沙自惊。当今天子圣，不战四方平"是也），有律诗彻首尾对者（少陵多此体，不可概举），有律诗彻首尾不对者（盛唐诸公有此体，如孟浩然诗："挂席东南望，青山水国遥。轴舻争利涉，来往接风潮。问我今何适，天台访石桥。坐看霞色晚，疑是石城标。"又"水国无边际"之篇，及太白"牛渚西江夜"之篇。皆文从字顺，音韵铿锵，八句皆无对偶），有后章字接前章者（曹子建《赠白马王彪》之诗是也），有四句通义者（如少陵"神女峰娟妙，昭君宅有无。曲留明怨惜，梦尽失欢娱"是也），有绝句折腰者，有八句折腰者，有拟古，有连句，有集句，有分题（古人分题，或各赋一物，如云送某人分题得某物也。或曰探题），有分韵，有用韵，有和韵，有借韵（如押七支韵，可借入微韵，或十二齐韵也），有协韵（《楚词》及《选》诗多用协韵），有今韵，有古韵（如退之《此日足可惜》诗用古韵也,盖《选》诗多如此),有古律(陈子昂及盛唐诸公多此体),有今律,有颔联,有颈联,有发端,有落句(结句也),有十字对(刘眘虚"沧浪千五里,日夜一孤舟"),有十字句(常建"曲径通幽处,禅房花木深"等是也),有十四字对(刘长卿"江客不堪频北望,塞鸿何事又南飞"是也),有十四字句(崔颢"黄鹤一去不复返,白云千载空悠悠",又太白"鹦鹉西飞陇山去,芳州之树何青青"是也),有扇对(又谓之隔句对。如郑都官"昔年共照松溪影,松折碑荒僧已无。今日还思锦城事,雪消花谢梦何如"是也。盖以第一句对第三句,第二句对第四句),有借对(孟浩然"厨人具鸡黍,稚子摘杨梅",太白"水舂云母碓,风扫石楠花",少陵"竹叶于人既无分,菊花从此不须开"),有就句对(又曰当句有对。如少陵"小院回廊春寂寂,浴凫飞鹭晚悠悠",李嘉祐"孤云独鸟春光暮,万里千山海气秋"是也。前辈于文亦多此体,如王勃"龙光射斗牛之墟,徐孺下陈蕃之榻",乃就句对也)。论杂体,则有风人(上句述其语,下句释其义,如古之《夜歌》《续曲歌》之类,则多用此体),藁砧(古乐府"藁砧今何在,山上复安山。何当大刀头,破镜飞上天",僻辞隐语也),五杂俎(见乐府),两头纤纤(亦见乐府),盘中(《玉台集》有此诗,苏伯玉妻作,写之盘中,屈曲成文也),回文(起于窦滔之妻,织锦以寄其夫也),反覆(举一字而诵,皆成句,无不押韵,反覆成文也。李公《诗格》有此二十一字诗),离合(字相拆合成文,孔融"渔父屈节"之诗是也。虽不关诗之重轻,其体制亦古),建除(鲍明远有《建除诗》,每句首冠以"建除平定"等字。其诗虽佳,盖鲍本工诗,非因建除之体而佳也),字谜,人名,卦名,数名,药名,州名(如此诗只成戏谑,不足法也),又有六甲十属之类,及藏头、歇后等体(今皆削之。近世有李公《诗格》,泛而不备,惠洪《天厨禁脔》,最为误人。今此卷有旁参二书者,盖其是处不可易也)。

第五章 造句

第一节 句法通例

一、问答

谁其获者妇与姑。何日东归花发时。

二、当对

白狐跳梁黄狐立。妇女行泣夫走藏。

三、上三下三

凤凰乐（奏）钧天曲，乌鹊桥（通）织女河。

四、上四下三

金马朝回门似水,碧鸡[1]天远路如年。

五、上呼下应

林花着雨胭脂[2]湿,水荇牵风翠带长。

六、上应下呼

素练[3]抹林云气薄,明珠穿草露华新。

七、行云流水

春日莺啼修竹里,仙家犬吠白云中[4]。

---

[1] 鸡　底本作"溪",据《辽金元诗话全编·木天禁语》(P.2031)改。
[2] 胭脂　底本作"脂胭",据《辽金元诗话全编·木天禁语》(P.2031)改。
[3] 练　底本作"炼",据《辽金元诗话全编·木天禁语》(P.2031)改。
[4] 中　《辽金元诗话全编·木天禁语》(P.2031)作"间"。

八、颠倒错乱

（香）（稻）啄余（鹦）（鹉）粒,（碧）（梧）栖老（凤）（凰）枝。

九、言颠理顺

海岸夜深常见日,寒岩四月始知春。

十、直书

郑县亭子涧之滨。一去三年竟不归。

十一、一气呵成

屡将心上事,相与梦中论。萧萧千里马,个个五花文。（四句只如一句。）

十二、上二下五

不贪夜识金银气,远害朝看麋鹿游。

十三、上五下二

杖藜叹世者谁子。中天月色好谁看。

十四、上六下一

微红几处花心吐，嫩绿谁家柳眼开。

第二节　杜诗句法举隅

有上一字下四字者：青惜峰峦过，黄知橘柚来。
有上二字下三字者：晚凉看洗马，森木乱鸣蝉。
有上三字下二字者：夜郎溪日暖，白帝峡风寒。
有上四字下一字者：风连西极动，月过北庭寒。
有一句作三折看者：尘中老尽力，岁晚病伤心。
　　　　　　　　　峡云笼树小，湖日落船明。
有上一字下六字者：松浮欲尽不尽云，江动将崩未崩石。
有上二字下五字者：朝罢香烟携满袖，诗成珠玉在挥毫。
有上三字下四字者：渔人网集寒潭下，估客舟随反照来。
有上四字下三字者：香飘合殿春风转，花覆千官淑景移。
有上五字下二字者：五更鼓角声悲壮，三峡星河影动摇。
有一句作三折者：盘飧市远无兼味，尊酒家贫只旧醅。

含风翠壁孤云细,背日丹枫万木稠。

第三节　句中用字法

诗之着力处即聚精会神处。句法着力在用字:五言句法,着力多在第三字、第五字;七言句法,着力多在第五字、第七字,谓之诗眼。然亦间有着力于第一、二及第四、六等字者,惟所着力之字,必系虚字或轻灵之字,能使句之全部活动也。

眼用实字(五言第三字为眼,七言第五字为眼,用实字方健举例如下)

夜潮(人)到郭,春雾(鸟)啼山。
旅愁(春)入越,乡梦(夜)归秦。
星河(秋)一雁,砧杵(夜)千家。
古砌[1](碑)横草,阴廊(画)杂苔。
感时(花)溅泪,恨别(鸟)惊心。
行云(星)隐见,浪叠(月)光芒。
陈兵剑阁(山)将动,饮马长江(水)不流。
雪意未成(云)着地,秋声不断(雁)连天。

---

[1] 砌 《诗人玉屑》(P.108)作"寺"。

风传鼓角（霜）侵戟，云卷笙歌（月）上楼。
杨柳风多（潮）未落，蒹葭霜冷（雁）初飞。
花前雨浅（春）犹冷，江上风高（雨）乍晴。
花迎剑佩（星）初落，柳拂旌旗（露）未干。
朝登剑阁（云）随马，夜渡巴江（雨）洗兵。
丹青霜叶秋明灭，水墨烟林（暮）有无。

眼用响字（五字诗第三字要响，七言诗第五字要响，致力处也）

白沙（留）月色，绿竹（助）秋声。
芹泥（随）燕嘴，花蕊（上）蜂须。
孤灯（燃）客梦，寒杵（捣）乡愁。
烟芜（收）暝色，霜菊（发）寒姿。
窗风（枯）砚水，山雨（慢）琴弦。
杨柳（梳）烟碧，荼䕷（架）雪香。
浅潭（淘）落月，远树（纳）残星。
返照入江（翻）石碧，归云拥树（失）山村。
平地风烟（横）白马，半山云木（卷）苍藤[1]。
莺传旧语（娇）春日，花学严妆（妒）晓风。

---

[1] 藤　底本作"藦"，据文意酌改。

西山落日（临）天仗，北阙晴云（捧）禁围。

眼用拗字（五言第三字，七言第五字，平与仄相换，句便森挺）

掬水（月）在手，弄花（香）满衣。
孤鸟[1]（背）林[2]色，远帆（开）浦烟。
树密（群[3]）蜂乱，江泥（轻）燕斜。
雁识[4]（楚）山晚，蝉知（秦）树秋。
云卷（四[5]）山雪，风凝[6]（千）树霜。
渡口（月）初上，人家（渔）未归。
残雪（入）林路，暮山（归）寺僧。
残影（郡）楼月，一声（关）树鸡。
残月（晓）窗迥，落花（幽）院深。
骥虽老去（壮）心在，鹤纵病来（仙）骨清。
残星几点（雁）横塞，长笛一声（人）倚楼。
班行失事（骨）轻重，道路不言（心）是非。

---

[1] 鸟　《诗人玉屑》（P.107）作"雁"。
[2] 林　《诗人玉屑》（P.107）作"秋"。
[3] 群　《诗人玉屑》（P.107）作"早"。
[4] 识　《诗人玉屑》（P.107）作"惜"。
[5] 四　底本作"两"，据《诗人玉屑》（P.107）改。
[6] 凝　底本作"轻"，据《诗人玉屑》（P.107）改。

珠藏老蚌（夜）光送，豹隐南山（春）雾深。
寒林叶[1]落（鸟）巢出，古渡风高（渔）艇稀。

拗句换字（当平声处以仄声字易之，便把然不群，此古句法）

一双白鱼（不）受钓，三寸黄柑（尤）自青。
外江三峡（且）相接，斗酒新诗（终）日疏。
负盐出井（此）溪女，打鼓发船（何）处郎。
沙上草阁（柳）新绿，城边野池（莲）欲红。
柳条弄色（不）忍见，梅花满枝（空）断肠。
只今满座（一）樽酒，后夜此堂（空）月明。
田中谁问（不）纳履，座上适来（何）处蝇。
贫贱人忙（亦）是错，富贵梦多（其）如空。
死生（在）片议，穷达（独）一言。
雪降（冰）返璧，风落（木）归山。
阴风（搅）短日，冷雨（湿）不晴。
帘影（垂）昼寂，竹阴（生）夜凉。

---

[1] 叶 底本作"月"，据《诗人玉屑》（P.107）改。

子母字句

社日雨(多)晴较(少)，春风晓(暖)夜犹(寒)。
拥炉可使(努)身(直)，饮酒能令(娇)面(红)。
更楼(有)(无)风(逆)(顺)，纸窗(明)(暗)月(高)(低)。
(回)风吹巷凉偏(劲)，(圆)月窥窗影欲(方)。
竹(疏)烟补(密)，梅(瘦)雪添(肥)。
(晓)荷重映(晚)，(秋)草碧于(春)。
(此皆一句二字为子母也。)

第四节 字法一斑

有用"仍"字者："山雨尊仍在"，是重过何氏也；"秋月仍圆夜"，是十七夜月也；"蚁浮仍腊味"，是正月三日也。

有用"一"字者："乾坤一草亭"，"乾坤一腐儒"，"天地一沙鸥"。于乾坤天地之内，下此"一"字，写其孤也，写其微茫也。

有用"不肯"字者："江平不肯流"，若流而实不流者，缓之至也。"秋天不肯明"，应明而故不明者，望之至也。

有用"受"字者："吹面受和风"，受之而喜也；"轻燕受风斜"，受之不能也；"修竹不受暑"，暑不入也。

用双字者，衬出上下字也。如："野日荒荒白"，"荒荒"，无色也，正写其白。"江流泯泯清"，"泯泯"，无声也，正写其清。

　　点一字而神理俱出者，如"国破山河在"，"在"则兴废可悲；"城春草木深"，"深"则荟蔚满目矣。如"碧委墙隅草"，"委"字不言雨而雨见；"霜倒半池莲"，"倒"字不言秋而秋深矣。如"燕入非傍舍，鸥归只故池"。"非"字、"只"字，则校书亡而荒凉甚。"古墙犹竹色，虚阁自松声"。"犹"字、"自"字，则滕王去而凭吊深矣。用一字切而物逼肖者，如"两行秦树直"，"直"字方是秦中树；"万点蜀山尖"，"尖"字方是蜀中之山。如"细动迎风燕"，"细"字写燕，并写大江中之燕；"轻摇逐浪鸥"，"摇"字写鸥，并写急流中之鸥。

第五节　句中炼字法

炼第二字

　　日（映）层岩图画色，风（摇）杂树管弦声。
　　燕（知）社日辞巢去，菊（为）重阳冒雨开。
　　路（绕）寒山人独去，月（临）秋水雁空惊。
　　花（迎）剑佩星初落，柳（拂）旌旗露未干。
　　香（销）南国佳人尽，怨（入）东风芳草多。

水（回）青嶂合，云（渡）绿溪阴。
红（入）桃花嫩，青（归）柳色新。

炼第五字

青山只解（磨）今古，流水何曾（洗）是非。[1]
地折江帆（隐），天晴木叶（闲）。
寒雪梅中（尽），春风柳上（归）。
兴阑啼鸟（缓），坐久落花（多）。
香雾云鬟（湿），清辉玉臂（寒）。

炼第七字

思家步月清宵（立），忆弟看云白昼（眠）。
木叶落时山露（骨），晚烟平处水加（衣）。
长乐钟声花外（尽），龙池柳色雨中（深）。

炼第二第五字

鱼（吞）月影（随）云动，鸟（吐）花声（寄）树间。

---

[1] 青山只解（磨）今古，流水何曾（洗）是非　此句底本放在了"炼第二字"类目中，据文意酌改。

云(移)雉尾(开)宫扇,日(绕)龙鳞(识)圣颜。
兴(过)山寺(先)云到,笑(引)江帆(带)月行。
门(通)小径(连)芳草,马(饮)春泉(踏)浅泥。
山(随)平野(尽),江(入)大荒(流)。
日(落)五湖(白),潮(来)天地(青)。
草(枯)鹰眼(疾),雪(尽)马蹄(轻)。
思(深)应带(别),声(断)为兼(秋)。

第六章 对仗

第一节 总说

对句亦作诗所必需,初着手时,须知字有虚实之别。匪独虚实也,实字中又分名词、动词、静字、形容词四种。如天文、地理、人伦、身体、宫室、衣服等类中字,皆为名词;如读书之"读"、饮酒之"饮"、花开之"开"、月落之"落"等字,皆为动词;如位置、数目、品行、性情等类中字,皆为静字;如寥落、铿锵、飓飓、淅沥、阴阴、漠漠、耿耿、迟迟等字,皆为形容词。名词须与名词对,动词须与动词对,静字、形容词亦然。即虚字亦须与虚字对。犹不止此,对仗精工者即同为某种词,又必以类相从。例如"春风"对"夏雨","春""夏"同为时令类,"风""雨"同为天文类,是也。又如"三山"对"二水"。"三""二"同为静词中之数目类,"山""水"同为名词中之地理类,是也。且对时即当留意平仄,如"春风"亦可对"夏云",但"风""云"二字,俱为平声,以之成对,不能用入律绝诗矣。

据此则对仗欲其工稳,亦殊不易。虽然诗之讲究对仗,原系人工，非性灵中事，与诗之原理欠合。不过既为律诗，不能不守此属对之规律，而工整与否，仍须出于自然。果有天然佳句，即字面之属对不工，亦无损毫末。如马戴之"落叶他乡树，寒灯独夜人"一联，"叶"与"灯"不同类，"树"与"人"不同类；刘长卿之"日斜江上孤帆影，草绿湖南万里情"，"日斜"与"草绿"全不同类，即"孤帆"与"万里"对亦不工。然皆无害其为佳句也。故诗中对句，自然能工为最佳，若必字字拘泥，则反不活泼矣。

第二节　对法六要

一曰正名，天地日月是也；二曰同类，花叶草茅是也；三曰连珠，萧萧赫赫是也；四曰双声，黄槐绿榠是也；五曰叠韵，仿佛放旷是也；六曰双拟，春树秋池是也。

第三节　诗对常法

实字对

九天（阊）（阖）开宫殿，万国（衣）（冠）拜冕旒。
旌旗（日）（暖）龙蛇动，宫殿（风）（微）燕雀高。

虚字对

若教（解）（语）应倾国，任是（无）（情）也动人。
聚散（有）（期）云北去，浮沉（无）（计）水东流。

奇健对

数着残棋（江）上（晓），一声长啸（海）（山）（秋）。
五湖归去（孤）舟月，六国平来（两）（鬓）（霜）。

错综对

香稻啄余鹦鹉粒，碧梧栖老凤凰枝。
柳絮打残连夜雨，桃花吹（散）五更风。

连珠对

穿花蛱蝶（深）深见，点水蜻蜓（款）（款）飞。
信宿渔人还（泛）（泛），清秋燕子故飞飞。

人物对

黄公石上三芝秀,(陶)(令)门前五柳春。
欲舞定随(曹)植马,有情应湿谢庄衣。

鸟兽对

(玄)(豹)夜寒(和)(露)(隐),(骊)(龙)春暖(抱)(珠)(眠)。
旅梦(乱)(随)(蝴)(蝶)散,离魂(远)(逐)(杜)(鹃)飞。

花木对

紫艳半开(篱)(菊)(静),红衣落尽(渚)连(愁)。
青露已调(秦)(甸)(柳),白云应长(越)(山)(薇)。

数目对

(百)(年)莫惜(千)(回)醉,(一)(盏)能消(万)古愁。
有时(两)(点)(三)(点)雨,到处(十)(枝)(五)(枝)花。

巧变对

(桃)(花)细逐(杨)(花)落,(黄)(鸟)时兼(白)(鸟)飞。
(鸟)(去)(鸟)(来)山色里,(人)(歌)(人)(哭)水声中。

流水对

但将酩酊(酬)(佳)(节),不用登临(叹)(落)(晖)。
(越)人自贡(珊)(瑚)(树),(汉)(使)何劳(獬)(豸)(冠)。

情景对

(林)间(竹)(有)湘妃(泪),(窗)(外)(禽)(多)杜宇(魂)。
(系)(闷)岂无(罗)(带)水,(割)(愁)还有(剑)(芒)山。

怀古对

吴宫花草埋幽径,(晋)(代)(衣)(冠)成古丘[1]。
鸟下绿芜(秦)(苑)(夕),蝉鸣黄叶(汉)(宫)(秋)。

---

[1] 丘　底本作"邱",避孔子名讳,径改。

精当对

实见(贫)(何)(讳),虚心(拙)(自)(铭)。
篱落出(丝)(竹),门庭上(女)(萝)。
(绿)(杨)(垂)(手)舞,(黄)(鸟)(缓)(声)歌。
(时)(乖)将进酒,(家)(远)莫(登)(楼)。
(诚)(摩)三寸气,(可)(系)百年身。
(梦)(醒)(回)(月)窟,(心)(想)(入)(冰)(轮)。
孤雁变风(思),清猿笑月(声)。
远山(低)并树,大海(立)齐天。
拔发(痛)天地,搔肤(痒)古今。
半世功名一(鸡)(肋),平生道路九(羊)(肠)。
微风戏水(鱼)(鳞)浪,蒲日烘晴(曙)色天。
山月照残(今)(古)梦,江流送尽(去)(来)人。
世事静观(知)(曲)折,人情甘苦(见)(交)亲。
(驱)(使)古人如草木,(蒸)(烧)后代起烟霞。
(平)(铺)白纸收天下,(倒)(插)青山在案前。
人中义命(千)(锤)(铁),天下规模(一)(部)(书)。
空外落霞(平)(布)(地),波间明月(倒)(垂)(天)。
连夜(话)(残)千古事,三生(梦)(破)一声钟。
眼破中原(尽)(堪)(白),文仪先辈(定)(谁)(蓝)。
看来世事(金)(能)(语),说起人情(剑)(欲)(鸣)。

著书（欲）（偿）千古债，茅舍（思）（锄）万里荒。
三时（静）（放）双眉目，一觉（融）（开）万树花。
平日解愁宽（带）（眼），迄今归思满（琴）（心）。
月曲姐情（腰）（九）（九），星挑姑意（脚）（双）（双）。
愁心别后无（诗）（草），病眼灯前有（醉）（花）。
（草）（解）（忘）（忧）忧底事，（花）（名）（含）（笑）笑何人。
（蜘）（蛛）影里（清）吟罢，蚱蜢船中（白）发生。

第四节　诗对变化

隔句对

得罪台州去，时危弃硕儒。移官篷阁上，溪谷殁潜鱼。
（三句对首句也，四句对二句也。）
几思闻静语，夜雨对禅床。未得重相见，秋灯照影堂。
前年家水东，回首夕阳丽。去年家水西，湿面春雨细。
相思复相忆，夜夜泪沾衣。空叹复空泪，朝朝君未归。

句中对

江流(天)(地)外,山色(有)(无)中。
(今)空无(古)迹,(宋)复有(唐)文。
(四)(年)(三)(月)半,(新)(笋)(晚)(花)时。
(远)(山)(秀)(草)外,(流)(水)(落)(花)中。
(桑)(麻)深(雨)(露),(燕)(雀)半(生)(成)。
(胡)(越)书难到,(存)(亡)梦岂知。
(落)(花)(游)(丝)白日静,(鸣)(鸠)(乳)(燕)青春深。
(白)(头)(青)(鬓)有存殁,(落)(日)(断)(霞)无古今。
(无)(情)(有)(恨)何人见,(月)(冷)(风)(清)欲坠时。
(孤)(云)(独)(鸟)川光暮,(万)(井)(千)(山)海气深。
(高)(江)(急)(峡)雷霆斗,(古)(木)(苍)(藤)日月昏。
(桃)(花)细逐(杨)(花)落,黄(鸟)时兼(白)(鸟)飞。
(三)(分)(割)(据)纡(筹)(策),(万)(古)(云)(霄)一(羽)(毛)。

交股对

(舳)舻争利涉,来往接(风)(潮)。
(以舳舻、风潮起下,交股对也。)
春深(叶)(密)(花)枝(少),睡起(茶)(多)(酒)盏(疏)。
(僧惠淇云,"多"字当作"亲"字,盖以"密"对"少"、"亲"

对"疏"。《艺苑》云:惠淇多妄诞、不晓诗格,此以"密"对"疏"、"多"对"少"。)

借音对(乃同音不同字曰借音)

眼昏常讶双(鱼)影,耳热何辞数(爵)频。
根非生(下)土,叶不坠秋风。
佳山今(十)载,明日又(迁)居。
厨人具鸡黍,稚子摘杨梅。
卷帘(黄)叶落,开户(子)规啼。
因寻樵(子)径,为到葛(洪)家。
(以"下"作"夏"对"秋"也,以"迁"作"千"对"十"也,以"子"作"紫"对"黄"也。)

就句对(此以白丹紫对一三五也)

(白)首(丹)心依(紫)禁,(一)麾(伍)部净(三)边。

意对

不作(新)(丰)(醉),其如(倦)(体)(何)。("新丰"对"倦体",不对字而对意也)

自有（生）（民）（来），未如（今）（日）（盛）。（"生民"对"今日"，"来"对"盛"，皆对意也）

不对之对

（舳）（舻）争（利）（涉），（来）（往）接（风）（潮）。
（问）（处）今（何）（适），（天）（台）访（石）（桥）。
（此不对处而偏对也。）

律诗不对

或起句用对，或结句用对，而中二联全不对者。或颔联不对，或颈联不对，或八句全不用对者。或首尾似对，而中二联不对者。止要不失粘，皆名律诗。一失粘，则为拗体，非律体也。

第五节　对类歌诀

一东

云（对）雨，雪（对）风，晚照（对）晴空。来鸿（对）去燕，宿鸟（对）鸣虫。三尺剑，六钧弓，岭北（对）江东。人间清暑殿，天上广寒宫。夹[1]岸晓烟杨柳绿,满园春色[2]杏花红。两鬓风霜,途次早行之客;一蓑烟雨,溪边晚钓之翁。

　　沿(对)革,异(对)同,白叟(对)黄童。江风(对)海雾,牧子(对)渔翁。颜巷陋,阮途穷,冀北(对)辽东。池中濯足水,门外打头风。梁帝讲经同泰寺,汉皇置酒未央宫。尘虑萦心,懒抚七弦绿绮;霜华满鬓,羞看百炼青铜。

　　贫(对)富,塞(对)通,野叟(对)溪童。鬓皤(对)眉绿,齿皓(对)唇红。天浩浩,日融融,佩剑(对)弯弓。半溪流水绿,千树落花红。野渡燕穿杨柳雨,芳池鱼戏芰荷风。女子眉纤,额下现一弯新月;男儿气壮,胸中吐万丈长虹。

二冬

　　春(对)夏,秋(对)冬,暮鼓(对)晨钟。观山(对)玩水,绿竹(对)苍松。冯妇虎,叶公龙,舞蝶(对)鸣蛩。衔泥双紫燕,课蜜几黄蜂。春日园中莺恰恰,秋天塞外雁雍雍。秦岭云横,迢递八千远路;巫山雨洗,嵯峨十二危峰。

　　明(对)暗,淡(对)浓,上智(对)中庸。镜奁(对)衣笥,野杵(对)村舂。花灼烁,草蒙茸,九夏(对)三冬。台高名戏马,斋小号蟠龙。手擘蟹螯从毕卓,身披鹤氅自王恭。五老峰高,秀

---

[1] 夹 《声律启蒙·笠翁对韵》(P.3)作"两"。
[2] 满园春色 《声律启蒙·笠翁对韵》(P.3)作"一园春雨"。

插云霄如玉[1]笔；三姑石大，响传风雨若金镛[2]。

仁（对）义，让（对）恭，禹舜（对）羲农。雪花（对）云叶，芍药（对）芙蓉。陈后主，汉中宗，绣虎（对）雕龙。柳塘风淡淡，花圃月浓浓。春日正宜朝看蝶，秋风那更夜闻蛩。战士邀功，必藉干戈成勇武；逸民适志，须凭诗酒养疏慵。

三江

楼（对）阁，户（对）窗，巨海（对）长江。蓉裳（对）蕙帐，玉斝（对）银釭。青布幔，碧油幢，宝剑（对）金缸。忠心安社稷，利口覆家邦。世祖中兴延马武，桀王失道杀龙逄。秋雨潇潇，烂漫黄花开满径；春风袅袅，扶疏绿竹正盈窗。

旌（对）旆，盖（对）幢，故国（对）他邦。千山（对）万水，九泽（对）三江。山岌岌[3]，水淙淙，鼓振（对）钟撞。清风生酒舍，白日[4]照书窗。阵上倒戈辛纣战，道旁系剑子婴降。夏日池塘，出没浴波鸥对对；春风帘幕，往来营垒燕双双。

铢（对）两，只（对）双，华岳（对）湘江。朝车（对）禁鼓，宿火（对）寒釭。青锁闼，碧纱窗，汉社（对）周邦。笙箫鸣细细，

---

[1] 玉　底本作"五"，据《声律启蒙·笠翁对韵》（P.7）改。
[2] 镛　底本作"龙"，据《声律启蒙·笠翁对韵》（P.7）改。
[3] 岌岌　底本作"汲汲"，据《声律启蒙·笠翁对韵》（P.10）改。
[4] 日　《声律启蒙·笠翁对韵》（P.10）作"月"。

钟鼓响枞枞。主簿栖鸾名有览,治中展骥姓惟庞。苏武牧羊,雪屡餐于北海;庄周活鲋,水必决乎西江。

四支

茶（对）酒,赋（对）诗,燕子（对）莺儿。栽花（对）种竹,落絮（对）游丝。四目颉,一足夔,鸲鹆[1]（对）鹭鹚。半池红菡萏,一架白荼蘼。几阵秋风能应候,一犁春雨甚知时。智伯恩深,国士吞变形之炭;羊公德大,邑人竖堕泪之碑。

行（对）止,速（对）迟,舞剑（对）围棋。花笺（对）草字,竹简（对）毛锥。汾水鼎,岘山碑,虎豹（对）熊罴。花开红锦绣,水漾碧琉璃。去妇因贪邻舍枣,出妻为种后园葵。笛韵和谐,仙管恰从云里降;橹声咿哑,渔舟正向雪中移。

戈（对）甲,鼓（对）旗,紫燕（对）黄鹂。梅酸（对）李苦,青眼（对）白眉。三弄笛,一围棋,雨打（对）风吹。海棠春睡早,杨柳昼眠迟。张骏曾为槐树赋,杜陵不作海棠诗。晋士特奇,可比一斑之豹;唐儒博识,堪为五总之龟。

---

[1] 鸲　底本作"鹄",据《声律启蒙·笠翁对韵》（P.13）改。

五微

来（对）往，密（对）稀，燕舞（对）莺飞。风清（对）月朗，露重（对）烟微。霜菊瘦，雨梅肥，客路（对）渔矶。晚霞舒锦绣，朝露缀珠玑。夏暑客思欹石枕，秋寒妇念寄边衣。春水才深，青草岸边渔父去；夕阳半落，绿莎原上牧童归。

宽（对）猛，是（对）非，服美（对）乘肥。珊瑚（对）玳瑁，锦绣（对）珠玑。桃灼灼，柳依依，绿暗（对）红稀。窗前莺并语，帘外燕双飞。汉致太平三尺剑，周臻大定一戎衣。吟成赏月之诗，只愁月堕；斟满送春之酒，惟憾春归。

声（对）色，饱（对）饥，虎节（对）龙旗。杨花（对）桂叶，白简（对）朱衣。龙也吪，燕于飞，荡荡（对）巍巍。春暄资日气，秋冷藉霜威。出使振威冯奉世，治民异等尹翁归。燕我弟兄，载咏棣棠铧铧；命伊将帅，为歌杨柳依依。

六鱼

无（对）有，实（对）虚，作赋（对）观书。绿窗（对）朱户，宝马（对）香车。伯乐马，浩然驴，弋雁（对）求鱼。分金齐鲍叔，捧璧蔺相如。掷地金声孙绰赋，回文锦字窦滔书。未遇殷宗，胥靡困傅岩之筑；既逢周后，太公舍渭水之鱼。

终（对）始，疾（对）徐，短褐（对）华裾。六朝（对）三国，天禄（对）石渠。千字策，八行书，有若（对）相如。花残无戏蝶，藻密有潜鱼。落叶舞[1]风高复下，小荷浮水卷还舒。爱见人长，共服宣尼休假盖；恐[2]彰己吝，谁知阮裕竟焚车。

麟（对）凤，鳖（对）鱼，内史（对）中书。犁锄（对）耒耜，畎浍（对）郊墟。犀角带，象牙梳，驷马（对）安车。青衣能报赦，黄耳解传书。庭畔有人持短剑，门前无客曳长裾。波浪拍船，骇舟人之水宿；峰峦绕舍，乐隐者之山居。

七虞

金（对）玉，宝[3]（对）珠，玉兔（对）金乌。孤舟（对）短棹，一雁（对）双凫。横醉眼，捻吟须，李白（对）杨朱。秋霜多过雁，夜月有啼乌。日暖园林花易赏，雪寒村舍酒难沽。人处岭南，善探巨象口中齿；客居江左，偶夺骊龙颔下珠。

贤（对）圣，智（对）愚，傅粉（对）施朱。名缰（对）利锁，挈榼（对）提壶。鸠哺子，燕调雏，石帐（对）郇厨。烟轻笼岸柳，风急撼庭梧。鹳眼一方端石砚，龙涎三炷博山炉。曲沼鱼多，可使渔人结网；平田兔少，漫劳耕者守株。

秦（对）赵，越（对）吴，钓客（对）耕夫。箕裘（对）杖履，

---

[1] 舞　底本作"无"，据《声律启蒙·笠翁对韵》(P.21)改。
[2] 恐　底本作"忍"，据《声律启蒙·笠翁对韵》(P.21)改。
[3] 宝　底本作"玉"，据《声律启蒙·笠翁对韵》(P.23)改。

杞梓（对）桑榆。天欲晓，日将晡，狡兔（对）妖狐。读书甘刺股，煮粥惜焚须。韩信武能平四海，左思文足赋三都。嘉遯幽人，适志竹篱茅舍；胜[1]游公子，玩情柳陌花衢。

八齐

岩（对）岫，涧（对）溪，远岸（对）危堤。鹤长（对）凫短，水雁（对）山鸡。星拱北，月流西，汉露（对）汤霓。桃林牛已放，虞坂马长嘶。叔侄去官闻广受，兄弟让国有夷齐。三月春浓，芍药丛中蝴蝶舞；五更天晓，海棠枝上子规啼。

雷（对）电[2]，水（对）泥，白璧（对）玄[3]圭。献瓜（对）投李，禁鼓（对）征鼙。徐稺榻，鲁班梯，凤鷟（对）鸾栖。有官清似水，无客醉如泥。截发惟闻陶侃母，断机只有乐羊妻。秋望佳人，目送楼头千里雁；早行远客，梦惊枕上五更鸡。

熊（对）虎，象（对）犀，霹雳（对）虹霓。杜鹃（对）孔雀，桂岭（对）梅溪。萧史凤，宋宗鸡，远近（对）高低。水寒鱼不跃，林茂鸟频栖。杨柳和烟彭泽令，桃花流水武陵溪。公子追欢，闲骤玉骢游绮陌；佳人倦绣，闷欹珊枕掩春闺。

---

[1] 胜　底本作"情"，据《声律启蒙·笠翁对韵》（P.25）改。
[2] 雷对电　《声律启蒙·笠翁对韵》（P.28）作"云对雨"。
[3] 玄　底本作"元"，避讳字，径改。

九佳

河（对）海，汉（对）淮，赤岸（对）朱崖。鹭飞（对）鱼跃，宝钿（对）金钗。鱼圉圉，鸟嗜嗜，草履（对）芒鞋。古贤崇笃厚，时辈喜诙谐。轲[1]训文公谈性善，颜师孔子问心斋。缓抚琴弦，像流莺而并语；斜排筝柱，类过雁之相挨。

丰（对）俭，等（对）差，布袄（对）荆钗。雁行（对）鱼阵，榆塞（对）兰崖。挑荠女，采莲娃，菊径（对）苔阶。诗成六义备，乐奏八音谐。造律吏哀秦法酷，知音人说郑声哇。天欲飞霜，塞上有雁[2]行已过；云将作雨，庭前多蚁阵先排。

城（对）市，巷（对）街，破屋（对）空阶。桃枝（对）桂叶，砌蚓（对）墙蜗。梅可望，橘堪怀，季路（对）高柴。花藏沽酒市，竹映读书斋。马首不容孤竹扣，车轮终就洛阳埋。朝宰锦衣，贵束乌犀之带；宫人宝髻，宜[3]簪白燕之钗。

十灰

增（对）损，闭（对）开，碧草（对）苍苔。书签（对）笔架，

---

[1] 轲　《声律启蒙·笠翁对韵》（P.31）作"孟"。
[2] 雁　《声律启蒙·笠翁对韵》（P.32）作"鸿"。
[3] 宜　底本作"官"，据《声律启蒙·笠翁对韵》（P.33）改。

两曜（对）三台。周召虎，宋桓魋，阆[1]苑（对）蓬莱。熏风生殿阁，皓月照[2]楼台。却马汉文思罢献，吞蝗唐太冀移灾。照曜八荒，赫赫丽天秋日；震惊百里，轰轰出地春雷。

沙（对）水，火（对）灰，雨雪（对）风雷。书淫（对）传癖，水浒（对）岩隈。歌旧曲，酿新醅，舞馆（对）歌台。春棠经雨放，秋菊傲霜开。作酒固难忘曲糵[3]，调羹必要用[4]盐梅。月满庾楼，据胡床而可玩；花开唐苑，轰羯鼓以奚催。

休（对）咎，福（对）灾，象箸（对）犀杯。宫花（对）御柳，峻阁（对）高台。花蓓蕾，草根荄，剔藓（对）剜苔。雨前庭蚁闹，霜后阵鸿哀。元亮南窗今日傲，孙弘[5]东阁几时开。平展青茵，野外茸茸软草；高张翠幄，庭前郁郁凉槐。

十一真

邪（对）正，假（对）真，蟭豸（对）麒麟。韩卢（对）苏雁，陆橘（对）庄椿。韩五鬼，李三人，北魏（对）西秦。蝉鸣哀暮夏，莺啭怨残春。野烧焰腾红烁烁，溪流波皱碧粼粼[6]。行无踪，居无

---

[1] 阆　底本作"閴"，据《声律启蒙·笠翁对韵》（P.34）改。
[2] 照　底本作"对"，据《声律启蒙·笠翁对韵》（P.34）改。
[3] 糵　底本作"蘖"，据《声律启蒙·笠翁对韵》（P.35）改。
[4] 用　底本作"作"，据《声律启蒙·笠翁对韵》（P.35）改。
[5] 弘　底本作"宏"，避讳字，径改。
[6] 粼粼　底本作"邻邻"，据《声律启蒙·笠翁对韵》（P.37）改。

庐，颂成《酒德》；动有时，藏有节，论著《钱神》。

哀（对）乐，富（对）贫，好友（对）嘉宾。弹冠（对）结绶，白日（对）青春。金翡翠，玉麒麟，虎爪（对）龙鳞。柳塘生细浪，花径起香尘。闲爱登山穿谢屐，醉思漉[1]酒脱陶巾。雪冷霜严，倚槛松筠同傲岁；日迟风暖，满园花柳各争春。

香（对）火，炭（对）薪，日观（对）天津。禅心（对）道眼，野妇（对）官嫔。仁无敌，德有邻，万石（对）千钧。滔滔三峡水，冉冉一溪冰。充国功名当画阁，子张言行贵书绅。笃志诗书，思入圣贤绝域；忘情官爵，羞沾名利纤尘。

十二文

家（对）国，武（对）文，四辅（对）三军。九经（对）三史，菊馥（对）兰芬。歌北鄙，咏南熏，迩听（对）遥闻。召公周太保，李广汉将军。闻化蜀民皆草偃，争权晋土[2]已瓜[3]分。巫峡夜深，猿啸苦哀巴地月；衡峰秋早，雁飞高贴楚天云。

欹（对）正，见（对）闻，偃武（对）修文。羊车（对）鹤驾，朝旭（对）晚曛。花有艳，竹成文，马燧[4]（对）羊欣。山中梁宰相，

---

[1] 漉　底本作"洒"，据《声律启蒙·笠翁对韵》（P.38）改。
[2] 土　底本作"士"，据《声律启蒙·笠翁对韵》（P.40）改。
[3] 瓜　《声律启蒙·笠翁对韵》（P.40）作"三"。
[4] 燧　底本作"㸂"，据《声律启蒙·笠翁对韵》（P.42）改。

树下汉将军。施帐解围嘉道韫，当垆沽酒叹文君。好景有期，北岭几枝梅似雪；丰年先兆，西郊千顷稼如云。

虞（对）夏[1]，夏（对）殷，蔡惠（对）刘蕡。山明（对）水秀，五典（对）三坟。唐李杜，晋机云，事父（对）忠君。雨晴鸠唤妇，霜冷雁呼群。酒量洪深周仆射，诗才俊逸鲍参军。鸟翼长随，凤兮泂众禽长；狐威不假，虎也真百兽尊。

十三元

幽（对）显，寂（对）喧，柳岸（对）桃源。莺朋（对）燕友，早暮（对）寒暄。鱼跃沼，鹤乘轩，醉胆（对）吟魂。轻尘生范甑，积雪拥袁门。缕缕轻烟芳草渡，丝丝微雨杏花村。诣阙王通，献太平十二策；出关老子，著道德五千言。

儿（对）女，子（对）孙，药圃（对）花村。高楼（对）邃阁，赤豹（对）玄[2]猿。妃子骑，夫人轩，旷野（对）平原。匏巴能鼓瑟，伯氏善吹埙。馥馥早梅思驿使，萋萋芳草怨王孙。秋夕月明，苏子黄冈游赤壁；春朝花发，石家金谷启芳园。

歌（对）舞，德（对）恩，犬马（对）鸡豚。龙池（对）凤沼，雨骤（对）云屯。刘向阁，李膺门，唳鹤（对）啼猿。柳摇春白昼，

---

[1] 虞对夏　《声律启蒙·笠翁对韵》（P.43）作"尧对舜"。
[2] 玄　底本作"元"，避讳字，径改。

梅弄月[1]黄昏。岁冷松筠皆有节，春暄桃李本无言。噪晚齐蝉，岁岁秋来泣恨；啼宵蜀鸟，年年春去伤魂。

十四寒

多（对）少，易（对）难，虎踞（对）龙蟠。龙舟（对）凤辇，白鹤（对）青鸾。风淅淅，露溥溥，绣毂（对）雕鞍。鱼游荷叶沼，鹭立蓼花滩。有酒阮貂奚用解，无鱼冯铗必须弹。丁固梦松，柯叶忽然生腹上；文同[2]画竹，枝梢倏尔长毫端。

寒（对）暑，湿（对）干，鲁隐（对）齐桓。寒毡（对）暖席，夜饮（对）晨餐。叔子带，仲由冠，郑鄏（对）邯郸。嘉禾忧夏旱，衰柳耐秋寒。杨柳绿遮元亮宅，杏花红映仲尼坛。江水流长，环绕似青罗带；海蟾[3]轮满，澄明如白玉盘。

横（对）竖，窄（对）宽，黑志（对）弹丸。朱帘（对）画栋，彩槛（对）雕栏。春既老，夜将阑，百辟（对）千官。怀仁称足足，抱义美般般。好马君王曾市骨，食猪处士仅思肝。世仰双仙，元礼舟中携郭泰；人称连[4]璧，夏侯车上[5]并潘安。

---

[1] 月　底本作"日"，据《声律启蒙·笠翁对韵》(P.46)改。
[2] 同　《声律启蒙·笠翁对韵》(P.48)作"郎"。
[3] 蟾　底本作"蝉"，据《声律启蒙·笠翁对韵》(P.49)改。
[4] 连　底本作"速"，据《声律启蒙·笠翁对韵》(P.50)改。
[5] 上　底本作"士"，据《声律启蒙·笠翁对韵》(P.50)改。

十五删

兴（对）废，附（对）攀，露草（对）霜菅。歌廉（对）借寇，习孔（对）希颜。山垒垒，水潺潺，奉璧（对）探镮。礼由公旦作，诗本仲尼删。驴困客方经灞水，鸡鸣人已出函关。几夜霜飞，已有苍鸿辞北塞；数朝雾暗，岂无玄[1]豹隐南山。

犹（对）尚，侈（对）悭，雾鬓（对）烟鬟。莺啼（对）鹊噪，独鹤（对）双鹇。黄牛峡，金马山，结草（对）衔环。昆山惟玉集，合浦有珠还。阮籍旧能为眼白，老莱新爱著衣斑。栖迟避世人，草衣水食；窈窕倾城女，云鬓花颜。

姚（对）宋，柳（对）颜，赏善（对）惩奸。愁中（对）梦里，巧慧（对）痴顽。孔北海，谢东山，使越（对）征蛮。淫声闻濮上，离曲听阳关。骁将袍披仁贵白，小儿衣著老莱斑。茅舍无人，难却尘埃生榻上；竹亭有客，尚留风月在窗间。

一先

晴（对）雨，地（对）天，天地（对）山川。山川（对）草木，赤壁[2]（对）青田。郑鄏鼎，武城弦，木笔（对）苔钱。金城三月柳，玉井九秋莲。何处春朝风景好，谁家秋夜月华圆。珠缀花梢，千

---

[1] 玄　底本作"元"，避讳字，径改。
[2] 壁　底本作"璧"，据《声律启蒙·笠翁对韵》（P.55）改。

点蔷薇香露；练横树杪，几丝杨柳残烟。

前（对）后，后（对）先，众丑（对）孤妍。莺簧（对）蝶板，虎穴（对）龙渊。击石磬，观韦编，鼠目（对）鸢肩。春园花柳地，秋沼芰荷天。白羽频挥闲客坐，乌纱半坠醉翁眠。野店几家，羊角风摇沽酒斾；长川一带，鸭头波泛卖鱼[1]船。

离（对）坎，震（对）乾，一日[2]（对）千年。尧天（对）舜日，蜀水（对）秦川。苏武节，郑虔毡，涧壑（对）林泉。挥戈能退日，持管莫窥天。寒食芳辰花烂漫，中秋佳节月婵娟。梦里荣华，飘忽枕中之客；壶中日月，安闲市上之仙。

二萧

恭（对）慢，吝（对）骄，水远（对）山遥。松轩（对）竹槛，雪赋（对）风[3]谣。乘五马，贯双雕，烛灭（对）香消。明蟾常彻夜，骤雨不终朝。楼阁天凉风飒飒，关河地隔雨潇潇。几点鹭鸶，日暮常飞红蓼岸；一双鸂鶒，春朝频泛绿杨桥。

开（对）落，暗（对）昭，赵瑟（对）虞韶。辒车（对）驿骑，锦绣（对）琼瑶。羞攘臂，懒折腰，范甑（对）颜瓢。寒天鸳帐酒，夜月凤台箫。舞女腰肢杨柳软，佳人颜貌海棠娇。豪客寻春，南

---

[1] 卖鱼　底本作"打头"，据《声律启蒙·笠翁对韵》（P.56）改。
[2] 日　底本作"白"，据《声律启蒙·笠翁对韵》（P.57）改。
[3] 风　底本作"诗"，据《声律启蒙·笠翁对韵》（P.58）改。

陌草青香阵阵；闲人避暑，东堂蕉绿影摇摇。

班（对）马，董（对）晁，夏昼（对）春宵。雷声（对）电影，麦穗（对）禾苗。八千路，廿四桥，总角（对）垂髫。露桃匀嫩脸，风柳舞纤腰。贾谊赋成伤鹏鸟，周公诗就托鸱鸮。幽寺寻僧，逸兴岂知俄尔尽；长亭送客，离魂不觉黯然消。

三肴

风（对）雅，象（对）爻，巨蟒（对）长蛟。天文（对）地理，蟋蟀（对）螵蛸。龙夭矫，虎咆哮，北学（对）东胶。筑台须垒土，成屋必诛茅。潘岳不忘《秋兴赋》，边韶常被昼眠嘲。抚养群黎，已见国家隆治；滋生万物，方知天地泰交。

蛇（对）虺，屡（对）蛟，麟薮（对）鹊巢。风声（对）月色，麦穗（对）桑苞。何妥难，子云嘲，楚甸（对）商郊。五音惟耳听，万虑在心包。葛被汤征因雠饷，楚遭齐伐责包茅。高矣若天，洵是圣人大道；淡而如水，实为君子神交。

牛（对）马，犬[1]（对）猫，旨酒（对）嘉肴。桃红（对）绿柳，竹叶（对）松梢。藜杖叟，布衣樵，北野（对）东郊。白驹形皓皓，黄鸟语交交。花圃春残无客到，柴门夜永有僧敲。墙畔佳人，飘扬竞把鞯鞯舞；楼前公子，笑语争将蹴鞠抛。

---

[1] 犬　底本作"大"，据《声律启蒙·笠翁对韵》（P.63）改。

四豪

琴(对)瑟,剑(对)刀,地迥(对)天高。峨冠(对)博带,紫绶(对)绯袍。煎异茗,酌香醪[1],虎兕(对)猿猱。武夫攻[2]骑射,野妇务蚕缫。秋雨一川淇澳竹,春风两岸武陵桃。螺髻青浓,楼外晚山千仞;鸭头绿腻,溪中春水半篙。

刑(对)赏,贬(对)褒,钺斧(对)征袍。梧桐(对)橘柚,枳棘(对)蓬蒿。雷焕剑,吕虔刀,橄榄(对)葡萄。一椽书舍小,百尺酒楼高。李白能诗时秉笔,刘伶爱酒每铺糟。礼别尊卑,拱北众星常灿灿;势分高下,朝东万水自滔滔。

瓜(对)果,李(对)桃,犬子(对)羊羔。春分(对)夏至,谷水(对)山涛。双凤翼,九牛毛,主逸(对)臣劳。水流无限阔,山耸有余高。雨打村童新牧笠,尘生边将旧征袍。俊士居官,荣列[3]鹓鸿之序;忠臣报国,誓殚犬马之劳。

五歌

山(对)水,海(对)河,雪竹(对)烟萝。新欢(对)旧恨,痛饮(对)高歌。琴再抚,剑重磨,媚柳(对)枯荷。荷盘从雨洗,

---

[1] 醪 底本作"胶",据《声律启蒙·笠翁对韵》(P.65)改。
[2] 攻 底本作"功",据《声律启蒙·笠翁对韵》(P.65)改。
[3] 列 《声律启蒙·笠翁对韵》(P.67)作"引"。

柳线任风搓。饮酒岂知欹醉帽,观棋不觉烂樵柯。山寺清幽,直踞千层云岭;江楼宏敞,遥临万顷烟波。

繁(对)简,少(对)多,里咏(对)途歌。宦情[1](对)旅况,银鹿(对)铜驼。刺史鸭,将军鹅,玉律(对)金科。古堤垂弹柳,曲沼长新荷。命驾吕因思叔夜,引车蔺为避廉颇。千尺水帘,今古无人能手卷;一轮月镜,乾坤何匠用功磨。

霜(对)露,浪(对)波,径菊(对)池荷。酒阑(对)歌罢,日暖(对)风和。梁父咏,楚狂歌,放鹤(对)观鹅。史才推永叔,刀笔仰萧何。种橘犹嫌千树少,寄梅谁信一枝多。林下风生[2],黄发村童携牧笠;江头日出,皓眉溪叟晒渔蓑。

六麻

松(对)柏,缕(对)麻,蚁阵(对)蜂衙。赪鳞(对)白鹭,冻雀(对)昏鸦。白堕酒,碧沉茶,品笛(对)吹笳。秋凉梧堕叶,春暖杏开花。雨长苔痕侵壁[3]砌,月移梅影上窗纱。飒飒秋风,度城头之筚篥;迟迟晚照,动江上之琵琶。

优(对)劣,凸(对)窊[4],翠竹(对)黄花。松杉(对)杞梓,

---

[1] 宦情 底本作"官清",据《声律启蒙·笠翁对韵》(P.69)改。
[2] 风生 底本作"生风",据《声律启蒙·笠翁对韵》(P.70)改。
[3] 壁 底本作"碧",据《声律启蒙·笠翁对韵》(P.71)改。
[4] 窊 《声律启蒙·笠翁对韵》(P.72)作"凹"。

菽麦（对）桑麻。山不断，水无涯，煮酒（对）烹茶。鱼游池面水，鹭立岸头沙。百亩风翻陶令秫，一畦雨熟邵平瓜。闲捧竹根，饮李白一壶之酒；偶擎桐叶，啜卢仝七椀之茶。

吴（对）楚，蜀（对）巴，落日（对）流霞。酒钱（对）诗债，柏叶（对）松花。驰驿骑，泛仙槎，碧玉（对）丹砂。设桥偏送笋，开道竟还瓜。楚国大夫沉汨水，洛阳才子谪长沙。书篋琴囊，乃士流活计；药炉茶鼎，实闲客生涯。

七阳

高（对）下，短（对）长，柳影（对）花香。词人（对）赋客，五帝（对）三王。深院落，小池塘，晚眺（对）晨妆。绛霄唐帝殿，绿野晋公堂。寒集谢庄衣上雪，秋添潘岳鬓边霜。人浴兰汤，事不忘于端午；客斟菊酒，兴[1]常记于重阳。

尧（对）舜，禹（对）汤，晋宋（对）隋唐。奇花（对）异草[2]，夏日（对）秋霜。八叉手，九回肠，地久（对）天长。一堤杨柳绿，三径菊花黄。闻鼓塞兵方战斗，听钟宫女正梳妆。春饮方归，纱帽[3]半淹邻舍酒；早朝初退，衮衣微惹御炉香。

荀（对）孟，老对庄，鞞柳对垂杨。仙宫（对）梵宇，小阁（对）

---

[1] 兴　底本作"典"，据《声律启蒙·笠翁对韵》（P.74）改。
[2] 草　《声律启蒙·笠翁对韵》（P.75）作"卉"。
[3] 帽　底本缺，据《声律启蒙·笠翁对韵》（P.75）补。

长廊。 风月窟,水云乡,蟋蟀(对)螳螂。暖烟香霭霭,寒烛影煌煌。伍子欲酬渔父剑,韩生常窃贾公香。三月韶光,常忆花明柳暗[1];一年好景,难忘橘绿橙黄。

八庚

深(对)浅,重(对)轻,有影(对)无声。蜂腰(对)蝶翅,宿醉(对)余酲[2]。天北缺,日东生,独卧(对)同行。寒冰三尺厚,秋月十分明。万卷书容闲客览,一樽酒待故人倾。心侈唐玄[3],厌看霓裳之曲;意骄陈主,饱闻玉树之赓。

虚(对)实,送(对)迎,后甲(对)先庚。鼓琴(对)舍瑟,搏虎(对)骑鲸。金匼匝,玉玎玲,玉宇(对)金茎。花间双粉蝶,柳内几黄莺。贫里每甘藜藿味,醉中厌听管弦声。肠断秋闺,凉吹已侵重被冷;梦惊晓枕,残蟾犹照半窗明。

渔(对)猎,钓(对)耕,玉振(对)金声。雉城(对)雁塞,柳衮(对)葵倾。吹玉笛,弄银笙,阮杖(对)桓筝。墨呼松[4]处士,纸号楮先生。露浥好花潘岳县,风搓细柳亚夫营。抚动琴弦,遽觉坐中风雨至;哦成诗句,应知窗外鬼神惊。

[1]暗 《声律启蒙·笠翁对韵》(P.76)作"媚"。
[2]酲 底本作"醒",据《声律启蒙·笠翁对韵》(P.78)改。
[3]玄 底本作"元",避讳字,径改。
[4]松 底本作"从",据《声律启蒙·笠翁对韵》(P.80)改。

九青

红(对)紫,白(对)青,渔火(对)禅灯。唐诗(对)汉史,释典(对)仙经。龟曳尾,鹤梳翎,月榭(对)风亭。一轮秋夜月,几点晓天星。晋士只知山简醉,楚人谁识屈原醒。倦绣佳人,慵把鸳鸯文作枕;吮毫画者,思将孔雀写为屏。

行[1](对)坐,醉(对)醒,佩紫(对)纡青。某枰(对)笔架,雨雪(对)雷霆。狂蛱蝶,小蜻蜓,水岸(对)沙汀[2]。天台孙绰赋,剑[3]阁孟阳铭。传信子卿千里雁,照书车胤[4]一囊萤。冉冉白云,夜半高遮千里月;澄澄碧水,宵中寒映一天星。

书(对)画[5],传(对)经,鹦鹉(对)鹡鸰。黄茅(对)白荻,绿草(对)青萍。风绕铎,雨淋铃,水阁(对)山亭。渚莲千朵白,岸柳两行青。汉代宫中生秀柘,尧时阶畔长祥蓂。枰决胜,棊子分黑白;半幅通灵,画色间丹青。

---

[1] 行　底本作"作",据《声律启蒙·笠翁对韵》(P.82)改。
[2] 汀　底本作"江",据《声律启蒙·笠翁对韵》(P.82)改。
[3] 剑　底本作"刘",据《声律启蒙·笠翁对韵》(P.83)改。
[4] 胤　底本作"允",避讳字,径改。
[5] 画　《声律启蒙·笠翁对韵》(P.83)作"史"。

十蒸

新(对)旧,降[1](对)升,白犬(对)苍鹰。葛巾(对)藜杖,涧水(对)池冰。张兔网,挂鱼罾,燕雀(对)鲲[2]鹏。炉中煎药水,窗下读书灯。织锦逐梭成舞凤,画屏误笔作飞蝇。宴客刘公,座上满斟三雅爵;迎仙汉帝,宫中高插九光灯。

儒(对)士,佛(对)僧,面友(对)心朋。春残(对)夏老,夜寝(对)晨兴。千里马,九霄鹏,霞蔚(对)云蒸。寒堆阴岭雪,春泮水池冰。亚父愤生撞玉斗,周公誓死[3]作金縢。将军元晖,莫怪人讥为饿虎;侍中卢昶,难逃世号作饥鹰。

规(对)矩,墨(对)绳,独步(对)同登。吟哦(对)讽咏,访友(对)寻僧。风绕屋,水襄陵,紫鹄(对)苍鹰。鸟寒惊夜月,鱼暖上春冰。杨子口中飞白凤,何郎鼻上集青蝇。巨鲤跃池,翻几重之密藻;颠猿饮涧,挂百尺之垂藤。

十一尤

荣(对)辱,喜(对)忧,夜宴(对)春游。燕关(对)楚水,蜀犬(对)吴牛。茶敌睡,酒消愁,青眼(对)白头。马迁修史记,

---

[1] 降 底本作"隆",据《声律启蒙·笠翁对韵》(P.84)改。
[2] 鲲 底本作"鹍",据《声律启蒙·笠翁对韵》(P.84)改。
[3] 死 底本作"水",据《声律启蒙·笠翁对韵》(P.85)改。

孔子作春秋,适兴子猷常泛棹,思归王粲强登楼。窗下佳人,妆罢重将金插鬓;筵前舞妓,歌终还要锦缠头。

唇(对)齿,角(对)头,策马(对)骑牛。毫尖(对)笔底,绮阁(对)雕楼。杨柳岸,荻芦洲,语燕(对)啼鸠。客乘金络马,人泛木兰舟。绿野耕夫春举耜,碧池渔父晚垂钩。波浪千层,喜见蛟龙得水;云霄万里,惊看雕鹗横秋。

庵(对)寺,殿(对)楼,酒艇(对)渔舟。金龙(对)彩凤,獭豕(对)童牛。王郎帽,苏子裘,四季(对)三秋。峰峦扶地秀,江汉接天流。一弯绿水渔村小,万里青山佛寺幽。龙马呈河,羲皇[1]阐微而画卦;神龟出洛,禹王取法以陈畴。

十二侵

眉(对)目,口(对)心,锦瑟(对)瑶琴。晓耕(对)寒钓,晚[2]笛(对)秋砧。松郁郁,竹森森,闵损(对)曾参。秦王观击缶,虞帝自挥琴。三献卞和尝泣玉,四知杨震固辞金。寂寂秋朝,庭叶因霜摧[3]嫩色;沉沉春砌,花随夜月转清阴。

前(对)后,古(对)今,野兽(对)山禽。犍牛(对)牝马,水浅(对)山深。曾点瑟,戴逵琴,璞玉(对)浑金。艳红花弄色,

---

[1] 皇　底本作"圣",据《声律启蒙·笠翁对韵》(P.89)改。
[2] 晚　底本作"弄",据《声律启蒙·笠翁对韵》(P.89)改。
[3] 摧　底本作"催",据《声律启蒙·笠翁对韵》(P.90)改。

浓绿柳敷阴。不雨汤王方剪爪，有风楚子正披襟。书生惜壮岁，韶华寸阴尺璧；游子爱良宵，光景一刻千金。

丝（对）竹，剑（对）琴，素志（对）丹心。千愁（对）一醉，虎啸（对）龙吟。子罕玉，不疑金，往古（对）来今。天寒邹吹律，岁旱傅为霖。渠说子规为帝魄，侬知孔雀是家禽。屈子沉江，处处舟中争系粽[1]；牛郎渡渚，家家台上竞穿针。

十三覃

千（对）百，两（对）三，地北（对）天南。佛堂（对）仙洞，道院（对）禅庵。山泼黛，水浮蓝，雪岭（对）云潭。凤飞方翙翙，虎视已眈眈。窗下书生时讽咏，筵前酒客日醺[2]酣。白草满郊，秋日收征人之马；绿桑盈亩，春时供农妇之蚕。

将（对）欲，可（对）堪，德被（对）恩覃。权衡（对）尺度，雪寺（对）云庵。安邑枣，洞庭柑，不愧（对）无惭。魏征能直谏，王衍善清谈。紫梨摘去从山北，丹荔传来自海南。攘鸡非君子所为，但当月一；养狙[3]是山公之智，止[4]用朝三。

中（对）外，北（对）南，贝母（对）宜男。移山[5]（对）浚井，

---

[1] 粽　原作"缪"，据《声律启蒙·笠翁对韵》（P.92）改。
[2] 醺　《声律启蒙·笠翁对韵》（P.93）作"耽"。
[3] 狙　底本作"狟"，据《声律启蒙·笠翁对韵》（P.94）改。
[4] 止　底本作"正"，据《声律启蒙·笠翁对韵》（P.94）改。
[5] 移山　底本作"修池"，据《声律启蒙·笠翁对韵》（P.95）改。

谏苦（对）言甘。千取百，二为三，魏尚（对）周堪。海门翻夕浪，山市拥晴岚。新缔直投公子纻，旧交犹脱馆人骖。文达淹通，已咏[1]冰兮寒过水；永和博雅，可知青者胜于蓝。

十四盐

悲（对）乐，爱（对）嫌，玉兔（对）银蟾。醉侯（对）诗史，眼底（对）眉尖。风飘飘，雨绵绵，李苦（对）瓜甜。画堂施锦帐，酒市舞青帘。横槊赋诗传孟德，引壶酌酒尚陶潜。两曜迭明，日东生而月西出；五行式序，水下润而火上炎。

如（对）似，减（对）添，绣幕（对）朱帘。探珠（对）献玉，鹭立（对）鱼潜。玉屑饭，水晶盐，手剑（对）腰镰。燕寑依邃阁，蛛网挂虚檐。夺槊至三唐敬德，弈棋第一晋王恬。南浦客归，湛湛春波千顷净；西楼人悄，弯弯夜月一钩纤。

逢（对）遇，仰（对）瞻，市井（对）闾阎。投簪（对）结绶，握发（对）掀髯。张绣幕，卷珠帘，石碏（对）江淹。宵征方肃肃，夜饮已厌厌。心褊小人长戚戚，礼多君子屡谦谦。美刺殊文，备三百五篇诗咏；吉凶异画，变六十四卦爻占。

---

[1] 咏　底本作"叹"，《声律启蒙·笠翁对韵》（P.95）改。

十五咸

清(对)浊，苦(对)咸，一启(对)三缄。烟蓑(对)雨笠，月榜(对)风帆。莺睨睆，燕呢喃，柳杞(对)松杉。情深悲素扇，泪痛湿青衫。汉室既能分四姓，周朝何[1]用叛三监。破的而探牛心，豪矜王济；竖竿以挂犊鼻，贫笑阮咸。

能(对)否，圣(对)凡[2]，卫瓘(对)浑瑊。雀罗(对)鱼网，翠巘(对)苍岩。红罗帐，白布衫，笔架[3](对)书函。蕊香蜂竞采，泥软燕争衔。凶孽誓清闻祖逖，玉家能乂有巫咸。溪叟新居，渔舍清幽临水岸；山僧久隐，梵宫寂寞倚云岩。

冠(对)带，帽(对)衫，议鲠(对)言谗。行舟(对)御马，俗弊(对)民嵒。鼠且硕，兔多毚，史册(对)书缄。塞城闻奏角，江甫认归帆。河水一源形弥弥，泰山千[4]仞势岩岩。郑为武公，赋《缁衣》而美德；周因《巷伯》，歌贝锦以伤谗。

---

[1] 何　底本作"可"，据《声律启蒙·笠翁对韵》(P.99)改。
[2] 凡　《声律启蒙·笠翁对韵》(P.100)作"贤"。
[3] 架　《声律启蒙·笠翁对韵》(P.100)作"格"。
[4] 千　《声律启蒙·笠翁对韵》(P.101)作"万"。

第七章 押韵

第一节 总说

押韵务求自然,以不勉强杂凑为佳。若有他字可以移易,则不佳矣。更不可重复,即如"芳""香"二字,同为七阳韵,一诗之中,前人每不连押,因其重复也。惟如"流芳""馨香",用"芳"字、"香"字确切不移者,则一诗中亦得连押之。至步韵之诗尤须别出新意,不可袭他人之韵脚。又前人押韵,每每先做下句,以求上句,诚恐押韵不自然也。又梁曹景宗凯旋,侍武帝宴,群臣用韵已尽,惟余"竞""病"二字,景宗赋诗曰:"去时儿女悲,归来笳鼓竞。借问行路人,何如霍去病。""竞"字、"病"字均押得自然,可为押限韵、险韵之法。

古诗不拘于用韵,但取其能叶而已。近体诗韵范极严,如押一东韵,则不能浑入二冬;押八庚韵,则不能浑入九青之类。又古诗可以换韵,一篇诗中,或二韵一换,或三韵一换,或四韵、五韵一换不等。近体诗则通首一韵,不能更换也。除落韵(落韵即出韵,如一东韵中忽押二冬韵字是也)、换韵外，尚有宜戒者：

一为凑韵。凑韵者，谓所押之字，与全句意义不甚连贯，勉强凑成者。此在初学常有之，能多读多看，即免此病。

一为重韵。重韵者一字两义而兼用之，如既押"更鼓"之"更"，又押"更改"之"更"；既押"山陵"之"陵"，又押"侵陵"之"陵"。是也。前人有偶用之者，初学宜戒。

一为僻韵。僻韵者，韵中生僻之字，音义皆不普通，押之易使读者迷误。且押僻字，必须用典，非性灵诗中所应有，故初学尤宜戒。

一为倒韵。倒韵者，如欲押"前"字，则"前后"倒为"后前"；押"黄"字，则"黄白"倒为"白黄"等是。然此犹可通，倘强不可倒而倒之，则不通之病，较凑韵尤甚。

一为哑韵。哑韵者，字面晦而声音不响，亦忌用。又一韵中之声音不类者，如四支中之"知""时"与"规""为"，一先中之"天""前"与"传""然"等，能不夹杂用之为佳。否则虽未落韵，读时似乎不叶。

一戒用同义之韵。同义之韵者，如六麻韵中之"花""葩"；七阳韵中之"芳""香"；十一真韵中之"人""民"；十一尤韵中之"忧""愁"等。皆是。若并押之，不免意义重复之嫌矣。

古人作诗，必先选韵。或由他人代选，或由自己选择；或选险韵（如十三覃、十五咸等韵，字数既少而僻字又多也），或选宽韵（如四支、七阳之类）。大抵诗学深者，不妨由他人限定某韵，或限定一韵中某某数字，且押险韵，反可以见长。初学必须自己选韵，仅可选其宽而易者，则押之多能自然，而免去落韵、凑韵等弊。

第二节　虚字押韵

黄鸡催晓(不)须愁。

老客世人(非)我独。

人惜其游今(孰)(在)。

树犹如此我(何)堪)。

起携蜡炬绕(空)(屋)。

欲事煎烹无(一)(可)。

问之无乃求(之)(欤)。

答我不然聊(复)(尔)。

我本疏顽固当(尔)。

子犹沦落况些(余)。

再游应眷(眷)。

聊亦寄吾(曾)。

人生重意气。

出处夫(岂)(徒)。

当代不饮酒。

虚名安(在)(哉)。

第三节　倒字押韵（古人诗押韵或有语颠而于诗无碍者）

古史散左右，诗书置（后）（前）。

是时山水秋，光景何鲜新。

法史多年少，磨淬出（角）（圭）。

胡不止书自荐达，坐令四海如（虞）（唐）。

闭门长安三日雪，推书掷笔歌（慨）（慷）。

第八章 用典

第一节 总说

作诗以雅驯为贵，故引典用事，为作诗所不可少。况近体诗之要讲对仗，不易白描乎。用事之最上乘者，能使事如己出，了无痕迹。杜少陵云："作诗用事，要如禅家语，水中著盐，饮水乃知盐味。"此诗家秘要也。如"五更鼓角声悲壮，三峡星河影动摇"，人徒见其凌轹造化之工，不知乃用事也。《祢衡传》："挝渔阳操，声悲壮。"《汉武故事》："星辰动摇，东方朔谓民劳之应。"如此使用典故，可谓无迹矣。然非初学所能语此也，今为浅一层说，则用事有"三贵"，有"三忌"。

第二节 三贵

一贵普通。昔人云，吟咏情性，何贵用事？故作诗能不用事最妙，不得已而用之，亦以用众所共知之事为贵。若撼拾僻典佚事，非特读者难晓，即己意亦不易显。

一贵贴切。凡引用故事，容易宽泛，容易牵强，二者皆与贴切相反。昔东坡自扬州召还，郊礼后有诗，王仲至和之，末云："谁知第七车中客，天遣归来助庆禋。"坡公称叹。盖汉倪宽川人，自扬州太守召来；坡亦川人，自扬州太守召还。汉武帝郊礼，倪宽从驾在第七车；时坡亦乘车在驾前。何等贴切，所以可贵。

一贵剪裁。专事填塞故实，不善剪裁，旧谓之"点鬼簿"。律诗中对句如遇用事，可比之四六文用典，贵从原处剪出属对字样，再截取其声律谐顺。语意明白者，用之方称精密。

第三节　三忌

一忌错误。用事不翻检书籍，时有错误。如："鳄去溪潭韩吏部，珠还合浦孟尝君。"不知合浦还珠事乃后汉孟尝，不可以战国时孟尝君当之也。稍一粗忽，即蹈此病，初学宜留意。

一忌重叠。一事两用，虽字面不同，亦所宜忌。如韩熙载云："风柳摇摇无定枝，阳台云雨梦中归。他年蓬岛音尘绝，留取樽前旧舞衣。"此诗既言阳台，又言蓬岛，用事重叠，昔人即指为疵病。况更字面重见耶。

一忌率尔比附。引用故事，或不辨其美恶，但以事浅语熟而用之。如李端于郭暧席上赋诗,有"旧赐铜山许铸钱"句,邓通既非好人,铸钱又非美事,率尔用以比拟,恐郭暧心中转滋不悦也。故用事率尔,亦宜忌之。

诗学进阶

第一章 辨体

第一节 六义三体说

诗有六义,而实则三体。风、雅、颂者诗之体,赋、比、兴者诗之法。故赋、比、兴者,又所以著[1]作乎风、雅、颂者也。凡诗中有赋起,有比起,有兴起。然风之中有赋、比、兴,雅、颂之中亦有赋、比、兴。此诗学之正源,法度之准则。凡有所作,而能备尽其义,则古人不难到矣。若直赋其事,而无优游不迫之趣,沉着痛快之功,首尾率直而已,夫何取焉!

风

风者,列国里巷歌谣之作。所谓男女相与咏歌,各言其情者也。其言则乐而不淫、哀而不伤,婉而善入,微而不露,言之者无罪,闻之者足以戒。所谓有先王之风焉。

---

[1] 著 《辽金元诗话全编·诗法家数》(P.2000)作"制"。

雅

雅者,朝廷之事,公卿大夫之诗也。有箴规劝戒之心,有忠厚恻怛之情,陈美闭邪之意,而恺切敷陈,明晰正告,能使人悚然而动听。

颂

颂者,宗庙之诗。用之歆格鬼神者也。主于扬盛德,叙成功,达诚敬。其语和而庄,其义宽而密,能令人肃然而恭、穆然而思也。

赋

赋者,敷陈其事,而直言之者也。故谓之赋。

比

比者,是以一物比一事,而用意常在言外。意虽切而却浅,意虽浅而味长。

兴

兴者，先言他物，以引起所咏之辞也。亦与比相似，只是借作引起，不必别有深意。

第二节　辨体举例（集合古今名人诗）

赋比兴全用体

汉武帝思李夫人

惆怅朱颜不复归（赋也），晚秋黄叶满天飞（兴也）。
迎风细荇传香粉，隔水残霞见画衣。
白玉帐寒鸳梦绝，紫阳宫远雁书稀（比也）。
夜深池上兰桡歇，断续歌声接太微。

比体

梅花

众芳摇落独鲜妍，占断风情向小园。
疏影横斜水清浅，暗香浮动月黄昏。
霜禽欲下先偷眼，粉蝶如知欲断魂。

幸有微吟可相狎,不须檀板共金樽。

兴体

忧旱

捧日人无传说心,黎民何处望甘霖。
晴光煮地炎如冶,火色流空烁似金。
万姓尚能供赋税,九重谁复祷桑林。
微躯不满长三尺,激起新愁一万寻。

赋体

题甘露寺

曾[1]上蓬莱宫里行,北轩栏槛最留情。
孤高堪弄桓伊笛,缥缈疑闻子晋笙。
天接海门秋水色,烟笼隋苑暮钟声。
他年会著荷衣去,不向山僧说姓名。

此三诗比、兴、赋三体,又不失粘,故录为式。

---

[1] 曾　底本作"会",据《樊川诗集注》(P.302)改。

第三节　明体暗体诗举例

起句即说出题目者，明体也。隐隐咏题，不见题目字样而意思自显者，暗体也。兹举例如下。

明体

黑鹰

黑鹰不省人间有，度海疑从北极来。
正翩搏风超紫塞，玄冬几夜宿阳台。
虞罗自觉虚施巧，春雁同归必见猜。
万里寒空只一日，金眸玉爪不凡材。

明体

双鹭

双鹭应怜水满池，风飘不动顶丝垂。
立当青草人先见，行傍白莲鱼未知。
一足独拳寒雨里，数声相抖早秋时。
林塘得雨须增价，况与诗家物色宜。

暗体

白鹰

云飞玉粒尽清秋,不惜奇毛恣远游。
在野只教心力破,于人何事网罗求。
一生自猎知无敌,百中争能耻下鞲。
鹏碍九天须却避,兔经三窟莫深忧。

暗体

鹧鸪

暖戏烟芜锦翼齐,品流应得近山鸡。
雨昏青草湖边过,花落黄陵庙里啼。
游子乍闻征袖湿,佳人才唱翠眉低。
相呼相唤湘江曲,苦竹丛深春日西。

第四节　各体诗溯源

乐府

乐府者,乐官肄业之乐章也。乐府之名,始于汉初,如高帝之《三侯歌》、唐山夫人之《房中歌》是也。郊祀歌类颂，铙歌鼓吹曲类雅，琴曲杂诗类国风，故乐府者，继《三百篇》而起者也。

乐府命题，名称不一。盖自琴曲之外，其放情长言杂而无方者，曰歌；步骤驰骋、疏而不滞者，曰行；兼之曰歌行；述事本末、先后有序，以抽其臆者，曰引；高下抑扬、委曲尽情，以道其微者，曰曲；吁嗟慨叹、悲忧深思，以伸其郁者，曰吟；因其立辞之意曰辞；本其命篇之义曰篇；发歌曰唱；条理曰调；愤而不怒曰怨；感而发言曰叹。又有以弄名者，以章名者，以度名者，以思名者，以乐名者，以愁名者。

歌行等作，有有声有辞者，乐府所采；有辞无声者，后人所成。有袭旧题，而意义不同者；有自立意而命题类乐府者。

古乐府音节久亡，不可摹拟。王、李及云间陈、李诸子，数十年堕入云雾，欲执笔效之，良可轩渠。少陵乐府，以时事创新题，便成千古绝调。后来杨铁崖咏史，音节颇具顿挫，李西崖仿之便劣。

拟作古乐府，须极古雅，发以峭劲，有翛然苍古之色。若一涉议论，便失本旨。

凡作古乐府。古曰章，乐府曰解（一解二解，即一章二章）。有辞，有声（辞即字，声即字之音）。有艳，有趣，有乱（艳在曲前，趣与乱在曲后，凡大典用之）。凡乐府，五言如《孔雀东南飞》；七言如《饮马长城窟》，自与五七言古诗声情迥别。

乐府有郊祀歌题：《练时日》《帝临》《青阳》《朱明》《西颢》《玄冥》《惟泰元》《天地》《日出入》《天马歌》《天门》《景星》《芝房歌》《后皇》《华烨烨》《五神》《白麟歌》《赤雁歌》《象载瑜》《赤蛟》。

鼓吹曲辞有铙歌题：《朱鹭》《思悲翁》《艾如张》《上之回》《翁离》《战城南》《巫山高》《上陵》《将进[1]酒》《君马黄》《芳树》《有所思》《雉子班》《圣人出》《上雅》《临高台》《远如期》《石流》。

相和歌辞有相和曲题：《箜篌引》《江南》《东光》《薤露歌》《蒿里曲》《鸡鸣》《乌生八九子》《平陵东》《陌上桑》（又作《日出》）《东南阳》。

有平调曲题：《长歌行》《君子行》。

有清调曲题：《豫章行》《董逃行》《相逢行》《长安有狭邪行》。

有瑟调曲题：《善哉行》《陇西行》《步出夏门行》《折杨柳行》《西门行》《东门行》《妇病行》《孤儿行》《雁门太守行》《艳歌何尝行》《艳歌行》。

有舞曲歌辞题：《淮南王篇》《铎舞歌诗》《巾舞歌诗》《俳歌辞》。

有杂曲歌辞题：《蜨蝶行》《伤歌行》《悲歌》《前缓声歌》《枯鱼过河泣》《猛虎行》《上留田行》《古八变歌》《古咄唶歌》《铜雀词》。

---

[1] 进　底本作"迤"，据文意酌改。

后人作乐府，多借其题以发己意。

五言古

五言始于李陵。以兴在汉，故云古诗。四言简质，句短而调未舒；七言浮靡，文繁而声易杂。折繁简之衷，居文质之要，莫尚于五言。故两汉以下，文人艺士平生精力咸萃斯道。作法须要用笔矫健，而含古意，平仄屈拗不可稳顺。近律五言长古，法有四要：曰分段，曰过脉，曰回照，曰赞叹。先要分段，句数要略均齐，首段是序子，一篇之意皆含在其中，以下一段一意，防杂乱也。次要过脉，名为血脉，此处用两句，一结上、一生下也。三要回照，谓十步一回顾，以照题面。四用赞叹，每段作一消息语以赞叹之，方不甚迫促。以上四法。备于少陵《北征》一篇。

两汉之诗，所以冠古绝今，率以无意得之，而神气工巧，备出天造。

七言古

七言沿起，咸曰汉武《柏梁》。至唐其体始畅，其为则也，声长字纵易以成文，故蕴气雕辞，与五言略异。汉魏诸作既多乐府，唐代多家又多歌行。然乐府歌行，贵抑扬顿挫。古诗则优柔和平，其体自不同也。

七言古，有铺叙，有开阖，有风度。忌庸俗软腐，须是波澜开阔，一波未平，一波复起。

七言古诗，贵乎句语浑雄，格调苍古。若或穷镂刻以为巧，务喝喊以为豪，或流乎萎弱，或过乎纤丽，则失之矣。

五七言古章法无不同。但五言着议论，少用才气，驰骋不得。七言则须气势宏阔，顿挫激昂，大开大阖耳。

东汉张衡《四愁诗》，前后两韵，此则后人换韵体也。

七言古换韵，须要平仄相间，亦可用对仗，间有似律句亦无妨。若一韵到底者，断不可杂以律句。盖古诗以音节为顿挫，音节生于平仄，平仄不合，音节句调岂有顿挫乎？

七言古以第五字为关捩，犹五言古以第三字为关捩（单句第五字用仄，双句第五字用平，即所谓关捩也）。

俗所云"一三五不论"，不惟不可以言近体，而亦不可以言古体也。

五七言律

五言律，六朝阴铿、何逊、庾信、徐陵已开其体，唐初人研练精切，稳顺声势，其制大备。七言律诗，又五言之变也。在唐以前，沈君攸七言俪句，已肇律调，唐初始专有此体。律之云者，调平仄、拘对偶，如法律之严也。对句易工，结句难工，发端句尤难工。七言视五言为难，五言不可加，七言不可减为尤难。

律诗作法，前起两句（或对景兴起，或借物比起，或就题赋起），中对四句（二言景，二言情），后结两句（或就题缴足，或用证咏叹），此正格也。

唐律有各派：典丽精工（陈子昂、杜审言、沈佺期、宋之问之属），清空闲远（王维、孟浩然、储光羲、韦应物之属），风华宕逸（李白之属），沉雄悲壮（杜甫之属）。

唐律有各体：贞观体（太宗朝，初唐人诗），大历体（玄宗末、代宗朝，盛唐人诗），元和体（宪宗朝，中唐人诗），西昆体（文宗开成初年至五季末，晚唐人诗）。

排律

六朝阴铿《安乐宫诗》气象庄严，格调鸿整，八病咸除，五音并叶，实百代近体排律之祖。唐兴始专此体，而有排律之名。初唐王、杨、卢、骆，倡为排律，陈、杜、沈、宋继之，大约侍从游宴应制之篇居多，所称台阁体也。

五言排律与五言律诗，其句法虽同，篇法实异。律诗描写情景，止尽于四十字耳。若排律，或数十韵，或数百韵，其篇法岂五言律可同。故作排律其要有四：一贵铺叙得体，先后不乱。二贵队仗整肃，情景分明。三贵过度明白，不令人沉思回顾。四贵气象宽大，从容不迫。斯为得体。

长篇排律，唐初作者绝少。开元后杜少陵独步当世，至百韵千言，力不少衰。

盛唐排律，宋延清、王摩诘等作，真如入万花春谷，光景烂熳，令人应接不暇、赏玩忘归。太白轻爽雄丽，如明堂黼黻，冠盖辉煌，武库甲兵，旌旗飞动。少陵变幻阃深，如陟昆仑、泛溟渤，千峰罗列，万汇汪洋。

七言排律，虽与五言相同，而加以二字，便难下手。不惟太白鲜见，即杜甫诸篇，亦罕有佳者。

五七言绝句

五言绝句，始自汉魏乐府，如《出塞曲》《桃叶歌》等篇。七言如《乌栖曲》《挟瑟歌》等篇，皆其体也。唐人稳顺声势，定为绝句。或前以散起，后二句对结；或前二句对起，后以散结；或四句俱对；或前后俱散。其功夫转换之妙，全在第三句，有实接、有虚接，若于此得力，则末句易工矣。

五言尚真切，质多胜文。七言尚高华，文多胜质。五言近于乐府，七言近于歌行。五言难于七言，要皆贵有微旨远意，语浅情深，开合反正，一气呵成，宫商谐叶，斯为正宗。王龙标（昌龄）、李供奉（白）允称绝句神品，龙标更有"诗天子"之号。此外高岑起激壮之音，右丞多幽远之调，以至"寒雨连江"之吟、"黄河远上"之曲并擅词坛，被之金石，克称嗣响。少陵绝句多对结，或以半律讥之，然初唐自有此体，特杜非当行耳，如"红粉楼中应计日，燕支山下莫经年"；"独怜京国人南窜，不似湘江水北流"则神完气足，半律何妨。

六言始自汉之谷永，唐李景伯有回波乐府，亦效此体。

竹枝词，咏风土琐细诙谐皆可入，以风趣为主，不同绝句。

和章

古人赓和，答其来意而已，初不为韵所缚。如高适《赠杜甫》云："草玄今已毕，此外更何言。"甫和之则云："草玄吾岂敢，赋或似相如。"又如韦迢《早发湘潭寄杜甫》云："相忆无南雁，何时有报章。"甫和云："虽无南雁过，看取北来鱼。"中唐以还，元、白、皮、陆更相唱和，由是此体始盛。此外又有因韵而赠,为之者，如《柳河东集》有《同刘二十八院长述旧言怀感时书事奉寄澧州张员外使君五十二韵之作因其韵增至八十》，是也。又有拾其余韵，凡为所用者置不取，如《河东集》载《酬韶州裴曹长使君因以见示二十韵》，自序云："韶州幸以诗见及往复奇丽，邈不可慕，用韵尤为高绝，今因拾其余韵酬焉，凡为韶州所用者，置不取，其声律言数如之。"是也。

联句

西汉《柏梁诗》，即联句之始。六朝人效之，遂人各两句，但以一气呵成，次序秩然者方为合法。

联句之诗，有人各一句，集以成篇（即柏梁体）。有人各二句者，有人各四句者，有人各一联者。有先出一句，次者对之，就出一句，前者复对之者。但是同遇情景，而笔力相等者，然后能为之。

联句诗，如国手对弈，着着相当；又如知音合曲，声声相应。故知非孟（郊）韩（愈）相遇，不能得奇观也。

退之会合联句，四君子皆佳士（张籍、张彻及孟与韩），意气相入，杂之成文。世之文章之士少联句，盖笔力不能相追耳。

第五节　诗格实例

颂中有讽格

幸温泉宫[1]

星斗疏明禁漏残，紫泥封后独凭栏。

---

[1]《辽金元诗话全编·诗学禁脔》(P.2036)诗题作"《中秋禁直》"。

露和玉屑金盘冷，月射珠光贝阙寒。

天衬楼台归[1]苑外，风鸣弦[2]管下云端。

长卿只解《长门赋》，未识君臣际会难。

（起句言宫中之明，二句自叙玉堂夜直作诏方出，颔联言宫中之景，颈联叙己之荣，结句含调意。）

美中有刺格

上裴晋公

四朝忧国鬓成[3]丝，龙马精神海鹤姿。（上句赋、下句比。）

天上玉书传诏夜，阵前金甲受降时。

曾经庚亮三更[4]月，下尽羊昙一局[5]棋。

惆怅旧堂扃[6]绿野，夕阳无限鸟飞迟。

（起句直入其事，颔联叙尊任之隆，颈联叙富贵迅速，第七句刺朝廷不用老臣，八句见唐之衰气象，此美中含刺体。）

---

[1] 归　底本作"笼"，据《辽金元诗话全编·诗学禁脔》(P.2036)改。
[2] 弦　《辽金元诗话全编·诗学禁脔》(P.2036)作"歌"。
[3] 成　《辽金元诗话全编·诗学禁脔》(P.2036)作"如"。
[4] 更　《辽金元诗话全编·诗学禁脔》(P.2036)作"秋"。
[5] 一局　《辽金元诗话全编·诗学禁脔》(P.2036)作"两路"。
[6] 扃　底本作"扁"，据《辽金元诗话全编·诗学禁脔》(P.2036)改。

先问后答格

三月三日泛舟

江南风[1]景复如何？闻[2]道新亭更可过。

处处艺阑春浦绿，萋萋芳草远山多。

壶觞须就陶彭泽，风俗犹传晋永和。

更使轻桡随[3]转去，微风落日水增波。

（起句言江南，是一篇之主意，"复如何"问之之辞，"闻道"乃答之之词；颔联言烟景之态；颈联即景引古；七、八句寓俯仰兴怀之意。）

感古怀今格

忆游天台寄道流

忆昨天台到赤城，几朝仙籁耳边生。

云龙出水风声急，海鹤鸣皋日色清。

石笋半山移步险，桂花当涧拂衣轻。

今来尽是人间梦，刘阮茫茫何处行？

（首句是起下三句之意，中二联形容天台之景，七句是感

---

[1] 风 《辽金元诗话全编·诗学禁脔》（P.2037）作"烟"。
[2] 闻 底本作"问"，据《辽金元诗话全编·诗学禁脔》（P.2037）改。
[3] 随 《辽金元诗话全编·诗学禁脔》（P.2037）作"徐"。

怀之意，八句是暗道流行而言。）

一句造意格

子初郊墅

看山酌酒君思我，听鼓离城我访君。

腊雪已添桥下水，斋钟不散寺[1]前云。

云阴[2]松柏浓还淡，歌响[3]渔樵断更闻。

亦拟城南买烟舍，子孙相约[4]事耕耘。

（首句造意，中间言郊野之风景，末二句欲卜邻于其间，有悠然林泉之意也。）

四[5]句立意格

写意

燕雁迢迢隔上林，高秋望断正长吟。

人间路止潼关险，天上山惟玉[6]垒深。

---

[1] 寺　《辽金元诗话全编·诗学禁脔》（P.2037）作"槛"。
[2] 云阴　《辽金元诗话全编·诗学禁脔》（P.2037）作"阴移"。
[3] 响　《辽金元诗话全编·诗学禁脔》（P.2037）作"杂"。
[4] 约　底本作"钓"，据《辽金元诗话全编·诗学禁脔》（P.2037）改。
[5] 四　《辽金元诗话全编·诗学禁脔》（P.2038）作"两"。
[6] 玉　底本作"五"，据《辽金元诗话全编·诗学禁脔》（P.2038）改。

日向花间留远照,云从城上结层阴。

三年已制相思泪,更入新愁却不禁。

(首一句起第二句,第二句起第三句。颔联是应第一句,颈联是应第二句。结尾是结六、七句,思之切、望之深,得乎性情之正。)

物外寄意格

感事

长年方忆少年非,人道新诗胜旧诗。

十亩野塘留客钓,一轩风雨共僧棋。

花间醉任黄鹂语,池上吟从白鹭窥。

大造不将炉冶去,有心重立太平基[1]。

(起句言是非之悟;颔联言行乐无人相似,不与起二句接,似若散缓;颈联言闲中自得,与物忘却;结句言进退在君,在者不可不重。八句意皆出于言外之妙。)

---

[1] 基 底本作"时",据《辽金元诗话全编·诗学禁脔》(P.2038)改。

雅意咏物格

答群公属和

草《玄》山巷[1]少尘埃,丞相清晨送[2]马来。

初入[3]塞垣御玉勒[4],忽行山[5]径破苍[6]苔。

寻花缓辔逶迤[7]去,带月轻[8]鞭蹀躞[9]回。

不与王侯与词客,知轻富贵重清才。

(起句自叙,二句人起;颔联相发;颈联形容马之驭空;第七句言草玄,第八句半应丞相、半应草玄;结句皆美丞相好士也。)

---

[1] 山巷 《辽金元诗话全编·诗学禁脔》(P.2039)作"门户"。
[2] 清晨送 《辽金元诗话全编·诗学禁脔》(P.2039)作"并州寄"。
[3] 入 《辽金元诗话全编·诗学禁脔》(P.2039)作"自"。
[4] 御玉勒 《辽金元诗话全编·诗学禁脔》(P.2039)作"衔苜蓿"。
[5] 山 《辽金元诗话全编·诗学禁脔》(P.2039)作"幽"。
[6] 苍 《辽金元诗话全编·诗学禁脔》(P.2039)作"莓"。
[7] 逶迤 《辽金元诗话全编·诗学禁脔》(P.2039)作"威迟"。
[8] 月轻 《辽金元诗话全编·诗学禁脔》(P.2039)作"酒垂"。
[9] 蹀躞 底本作"蝶燕",据《辽金元诗话全编·诗学禁脔》(P.2039)改。

一字贯串[1]格

思夫

自从车马出门朝,便入空房守寂寥。
玉垒夜寒鱼信杳,金钿秋尽雁书遥。
脸边楚雨临风落,头上秦云向日销。
芳草又[2]衰还不至,碧天霜冷转无聊。

(第二句"守"字贯篇中。二联思夫之切、守寂寥之气象,泪之落、发之销、守之切而情之至。结二字抚时已深、望马之不至,真君臣会合之难,而臣望君为何如?)

起联照应[3]格

洛水

一道潺湲溅短蓑,年年惆怅是春过。
莫言[4]行路听如[5]此,流入深宫恨更多。
桥畔月来清见底,柳边风去绿生波。
从愁满眼添归思,未把鱼竿奈尔何。

---

[1] 串 《辽金元诗话全编·诗学禁脔》(P.2039)作"篇"。
[2] 又 底本作"太",据《辽金元诗话全编·诗学禁脔》(P.2039)改。
[3] 照应 《辽金元诗话全编·诗学禁脔》(P.2039)作"应照"。
[4] 言 底本作"如",据《辽金元诗话全编·诗学禁脔》(P.2039)改。
[5] 听如 底本作"所知",据《辽金元诗话全编·诗学禁脔》(P.2039)改。

（起句云洛水之溅短蓑，遂起惆怅之情；颔联承惆怅之意；颈联承起句；结句云洛水，起休官之兴。因"溅短蓑"起"把鱼竿"之怀，此所以为起句应照之体式也。）

首尾[1]一意格

江陵道中

三千三百西江[2]水，自古如[3]今要路津。
月夜歌谣有渔父[4]，风天气色属[5]商人。
沙村好处多逢寺，山叶红时绝胜春。
行到南朝征战地，古来名将必为神。

（起句总括道中之意；次句以古今言之，有感慨奋励之意；颔联以景物而言；颈联见胜概之无穷；结句言名将而庙食，叹今人不如。一句生一句，如行云流水。）

---

[1] 首尾 《辽金元诗话全编·诗学禁脔》（P.2040）无。
[2] 西江 底本作"江西"，据《辽金元诗话全编·诗学禁脔》（P.2040）改。
[3] 如 底本作"知"，据《辽金元诗话全编·诗学禁脔》（P.2040）改。
[4] 父 底本作"火"，据《辽金元诗话全编·诗学禁脔》（P.2040）改。
[5] 属 底本作"厉"，据《辽金元诗话全编·诗学禁脔》（P.2040）改。

雄伟不常格

送元[1]源中丞赴新罗[2]国

赤扉[3]赐对使殊方,恩重乌台紫绶光。
玉节在船[4]清海怪,金丞[5]开诏拜夷王。
雪晴渐觉山川异,风便宁知道路长。
谁得似君将雨露,海东万里洒扶桑。

(起句以"殊方"指新罗,说尽题目;次句言中丞奉使,无复遗阙。颔联应第一句。颈联言殊方之景。结句"雨露"言天子之泽,"洒"之一字,又见恩泽之被于殊方也。气象宏丽,节奏高古,实宏伟不常也。)

想象高唐格

楚宫

月姊曾逢下彩蟾,倾城消息隔重檐[6]。

---

[1] 元　《辽金元诗话全编·诗学禁脔》(P.2040)无。
[2] 罗　底本脱,据《辽金元诗话全编·诗学禁脔》(P.2040)补。
[3] 扉　《辽金元诗话全编·诗学禁脔》(P.2040)作"犀"。
[4] 船　底本作"松",据《辽金元诗话全编·诗学禁脔》(P.2040)改。
[5] 函　底本作"丞",据《辽金元诗话全编·诗学禁脔》(P.2040)改。
[6] 檐　《辽金元诗话全编·诗学禁脔》(P.2041)作"帘"。

已闻玉佩[1]知腰细,更辨弦歌[2]觉指纤。

暮雨自归山悄悄,秋河不动恨恹恹[3]。

王昌且在墙东住,未必金堂[4]得免[5]嫌。

(起句言"曾逢",第二[6]句言"隔重檐",盖恍佛尘音之意。中四句想象意态与情怀也。结句述王昌故事,其意深矣。)

抚景寓叹格

惜春

惜春连日醉昏昏,醒后衣裳见酒痕。

细水浮花归别涧[7],断云含雨入孤村。

人闲易得芳时恨,地迥难招自古魂。

惭愧流莺相厚意,清晨犹为到西园。

(起句痛惜韶华,以酒自遣。颔联"归""入"二字,乃诗中之眼,有无穷之意。颈联上句言芳时往矣,不可再得;下句言古人一去,不可再见。作诗如此,方为惊策,方为妙手。第

---

[1] 玉佩 《辽金元诗话全编·诗学禁脔》(P.2041)作"佩响"。
[2] 歌 《辽金元诗话全编·诗学禁脔》(P.2041)作"声"。
[3] 恨恹恹 《辽金元诗话全编·诗学禁脔》(P.2041)作"夜厌厌"。
[4] 堂 底本作"台",据《辽金元诗话全编·诗学禁脔》(P.2041)改。
[5] 免 底本作"色",据《辽金元诗话全编·诗学禁脔》(P.2041)改。
[6] 二 底本作"一",据文意酌改。
[7] 涧 《辽金元诗话全编·诗学禁脔》(P.2041)作"浦"。

七句托物起兴，如鸟犹有厚意而复至，而人情炎凉、势去则散，不若鸟矣，乃托景咏感古伤今之意。）

专叙己情格

仲春写怀

省[1]从骑竹[2]学讴吟，便滞光阴役[3]此心。

寓目不能闲一日，闭[4]门常胜得千金。

窗悬夜雨残灯在，庭掩春风落絮深。

惟有故人[5]同此兴，近来何事不[6]相寻？

（起句言好诗之早，二句言好诗之苦；颔联言嗜吟之苦；颈联形容苦吟之景；结句言人无与同，好吟之专也。）

第六节　诗格摘锦

一篇血脉条贯格。李太尉诗云："远谪南荒一病身，停舟暂吊汨罗人。"此诗首一句发语，次一句承上吊屈原。"都缘靳尚

---

[1] 省　底本作"自"，据《辽金元诗话全编·诗学禁脔》（P.2041）改。
[2] 竹　底本作"马"，据《辽金元诗话全编·诗学禁脔》（P.2041）改。
[3] 役　底本作"后"，据《辽金元诗话全编·诗学禁脔》（P.2041）改。
[4] 闭　底本作"开"，据《辽金元诗话全编·诗学禁脔》（P.2041）改。
[5] 人　底本作"园"，据《辽金元诗话全编·诗学禁脔》（P.2041）改。
[6] 不　《辽金元诗话全编·诗学禁脔》（P.2042）作"懒"。

图专国,岂是怀王厌直臣。"此二句为颔下语,用为"吊汨罗"之言。"万里碧潭秋景静,四时愁色野花新。"此腹内二句,取江畔景象。"不劳渔父重相问,自有招魂拭泪巾。"此二句为断章,虽外取之,不失此章之旨。

背律格。《咏柳诗》曰:"日落水流西复东,春光不尽柳何穷。巫娥庙里低含雨,宋玉宅前斜带风。不将榆荚共争翠,深感杏花相映红。"此诗第五句第二字,合用仄声带起,却用平声。是背律也。

叶调格。李郢诗:"青蛇上竹一种色,黄叶隔溪无限情。"此种字合用平而用仄,是叶调也。

双关格。李端公诗:"却到城中事事伤。惠休归放贾生亡。谁人收得章句箧。"此"句"字亦合用平而用仄,亦是叶调。"独我重经苔藓房。一命木沾为遂客,万缘初尽别空王。"此一句哭贾生,一句哭僧,是双关也。

摹写景象含蓄格。诗云:"一点孤灯人梦觉,万重寒叶雨声多。"此二句摹写灯雨景象,含蓄凄惨之情。

句病格。诗云:"沙摧金井竭,树老玉阶平。"上句五字一体血脉相连,若树与玉阶是二物,各体血脉不相连。

句内叠韵格。诗云:"风吹榆荚叶,雨打木瓜花。""荚叶""瓜花",句末叠韵也。

第二章 读法

第一节　名言

作诗先看李杜,如士人治本经。本既立,方可及唐宋以次诸家诗。

读诗不读杜、学诗不学杜,是恋三家邨而厌两京,拜一拳石而忘五岳也。

先君子尝以少陵诗集相示曰:"此风雅之宗,光焰万丈。"读之可以畅性灵、广闻见、斥浮葩而竖风骨。

读诗之法,当先看其题目,唐人作诗,于题目不轻下一字,亦不轻漏一字,而杜诗尤严。次看其格局段落,其中反复照应,丝毫不乱。终看其句法,前后相合,虚实相生。

看杜诗,如看一处大山水。读杜律,如读一篇长古文。其用意之深,取境之远,制格之奇,出语之厚,非设身处地,若与公周旋于花溪、草阁之间,亲陪其杖履,熟闻其謦欬,则作者之精神不出,阅者之心孔亦不开。

第二节　评古

　　大历以前，分明别是一副言语。晚唐，分明别是一副言语。本朝诸公，分明别是一副言语。如此见方许具一只眼。

　　盛唐人有似粗而非粗处，有似拙而非拙处。

　　五言绝句。众唐人是一样，少陵是一样，韩退之是一样，王荆公是一样，本朝诸公是一样。

　　盛唐人诗亦有一二滥觞晚唐者，晚唐人诗亦有一二可入盛唐者，要当论其大概耳。

　　唐人与本朝人诗，未论工拙，直是气象不同。

　　唐人命题言语亦自不同，杂古人之集而观之，不必见诗，望其题引，而知其为唐人、今人矣。

　　大历之诗，高者尚未失盛唐，下者渐入晚唐矣。晚唐之下者，亦堕野狐外道鬼窟中。或问唐诗何以胜我朝？唐以诗取士故，多专门之学，我朝之诗所以不及也。

　　诗有词理意兴。南朝人尚词而病于理，本朝人尚理而病于意兴，唐人尚意兴而理在其中。汉魏之诗，词理意兴，无迹可求。

　　汉魏古诗，气象混沌，难以句摘。晋以还方有佳句，如渊明"采菊东篱下，悠然见南山"，谢灵运"池塘生春草"之类。谢所以不及陶者，康乐之诗精工，渊明之诗质而自然耳。谢灵运之诗，无一篇不佳。

黄初之后，惟阮籍《咏怀》之作，极为高古，有建安风骨。晋人舍陶渊明、阮嗣宗外，惟左太冲高出一时，陆士衡独在诸公之下。

颜不如鲍，鲍不如谢。文中子独取颜，非也。

建安之作，全在气象，不可寻枝摘叶。灵运之诗，已是彻首尾成对句矣，是以不及建安也。

谢朓之诗，已有全篇似唐人者，当观其集方知之。

戎昱在盛唐为最下，已滥觞晚唐矣。戎昱之诗，有绝似晚唐者。权德舆之诗，却有绝似盛唐者。权德舆或有似韦苏州、刘长卿处。

冷朝阳在大历才子中为最下。马戴在晚唐诸人之上。刘沧、吕温亦胜诸人。李濒不全是晚唐，间有似刘随州处。陈陶之诗在晚唐人中，最无可观。薛逢最浅俗。

大历以后，吾所深取者，李长吉、柳子厚、刘言史、权德舆、李涉、李益耳。

大历后，刘梦得之绝句，张籍、王建之乐府，吾所深取耳。

李、杜二公，正不当优劣：太白有一二妙处，子美不能道；子美有一二妙处，太白不能作。子美不能为太白之飘逸，太白不能为子美之沉郁。太白《梦游天姥吟》《远别离》等，子美不能道；子美《北征》《兵车行》《垂老别》等，太白不能作。论诗以李、杜为准，挟天子以令诸侯也。

少陵诗法如孙吴，太白诗法如李广。

少陵如节制之师。

少陵诗宪章汉魏，而取材于六朝，至其自得之妙，则前辈所谓集大成者也。

观太白诗者，要识真太白处。太白天才豪逸，语多卒然而成者，学者于每篇中要识其安身立命处可也。太白发句，谓之开门见山。

李、杜数公如金鸡擘海、香象渡河，下视郊岛辈，直虫吟草间耳。

人言太白仙才、长吉鬼才，不然。太白天仙之词，长吉鬼仙之词耳。

玉川之怪，长吉之瑰诡，天地间自欠此体不得。

高岑之诗悲壮，读之使人感慨。孟郊之诗刻苦，读之使人不欢。楚词惟屈、宋诸篇当读之外，惟贾谊《怀长沙》、淮南王《招隐操》、严夫子《哀时命》宜熟读，此外亦不必也。

《九章》不如《九歌》，《九歌·哀郢》尤妙。

前辈谓《大招》胜《招魂》。不然。

读《骚》之久，方识真味。须歌之抑扬，涕洟满襟，然后为识《离骚》。否则如戛釜撞瓮耳。

唐人惟柳子厚深得《骚》学，退之、李观，皆所不及。若皮日休《九讽》，不足为骚。

韩退之《琴操》极高古，正是本色，非唐贤所及。

释皎然之诗，在唐诸僧之上。唐诗僧有法震、法照、无可、护国、灵一、清江、无本、齐已、贯休也。

集句惟荆公最长,《胡笳十八拍》浑然天成,绝无痕迹,如蔡文姬肺肝间流出。

拟古惟江文通最长,拟渊明似渊明,拟康乐似康乐,拟左思似左思,拟郭璞似郭璞。独拟李都尉一首,不似西汉耳。

虽谢康乐拟邺中诸子之诗,亦气象不类。至于刘休玄拟《行行重行行》等篇,鲍明远代《君子有所思之》作,仍是其自体耳。

和韵最害人诗,古人酬唱不次韵,此风始盛于元、白、皮、陆。本朝诸贤,乃以此而斗工,遂至往复有八九和者。

孟郊之诗,憔悴枯槁,其气局促不伸。退之许之如此,何邪?诗道本正大,孟郊自为之艰阻耳。

孟浩然之诗,讽咏之久,有金石宫商之声。

唐人七言律诗,当以崔颢《黄鹤楼》为第一。

唐人好诗,多是征戍、迁谪、行旅、离别之作,往往能感动激发人意。

苏子卿诗:"幸有弦歌曲,可以喻中怀。请为游子吟,泠泠一何悲。丝竹厉清声,慷慨有余哀。长歌正激烈,中心怆以摧。欲展清商曲,念子不能归。"今人观之,必以为一篇重复之甚,岂特如兰亭丝竹管弦之语邪? 古诗正不当以此论之也。

《十九首》:"青青河畔草,郁郁园中柳。盈盈楼上女,皎皎当窗牖。娥娥红粉妆,纤纤出素手。"一连六句皆用叠字,今人必以为句法重复之甚,古诗正不当以此论之也。

任昉《哭范仆射诗》二首中,凡两用生字韵,三用情字韵。"夫子值狂生""千龄万恨生",犹是两义。"犹我故人情""生死一交情""欲以遣离情",三情字皆用一意。

《天厨禁脔》谓平韵可重押,若平成仄则不可。彼但以《八仙歌》言之耳,何见之陋邪!《诗话》谓东坡两耳韵,两耳义不同,故可重押,要之亦非也。

刘公干《赠五官中郎将诗》:"昔我从元后,整驾至南乡。过彼丰沛都,与君共翱翔。""元后",盖指曹操也。"至南乡",谓伐刘表之时。"丰[1]沛都",喻操谯郡也。王仲宣《从军诗》云:"筹策运帷幄,一由我圣君。""圣君",亦指曹操也。又曰:"窃慕负鼎翁,愿厉朽钝姿。"是欲效伊尹负鼎于汤以伐桀也,是时汉帝尚存,而二子之言如此,一曰"元后",二曰"圣君",正与句或比曹操为高光同科,或以公干平视美人为不屈,是未为知人之论。春秋诛心之法,二子其何逃!

古人赠答多相勉之词。苏子卿云:"愿君崇令德,随时爱景光。"李少卿云:"努力崇明德,皓首以为期。"刘公干云:"勉哉修令德,北面自宠珍。"杜子美云:"君若登台辅,临危莫爱身。"往往如此意。有如高达夫《赠王彻云》:"吾知十年后,季子多黄金。"金多何足道,又甚于以名位期人者,此达夫偶然

---

[1] 丰　底本作"曹",据上文酌改。

漏逗处也。

第三节　四得四失

　　喜而得之其辞（丽）。如"有时三点两点雨，到处十枝九枝花"，是也。

　　怒而得之其辞（愤）。如"颠狂柳絮随风舞，轻薄桃花逐水流"，是也。

　　哀而得之其辞（伤）。如"泪流襟上血，发变镜中丝"，是也。

　　乐而得之其辞（逸）。如"谁家绿酒欢连夜，何处红妆睡到明"，是也。

　　失之大喜其辞（放）。如"春风得意马蹄疾，一日看尽长安花"，是也。

　　失之大怒其辞（躁）。如"解通银汉终须曲，才出昆仑便不清"，是也。

　　失之大哀其辞（伤）。如"主客夜呻吟，痛人妻了心"，是也。

　　失之大乐其辞（荡）。如"骤然始散东城外，倏忽还逢南陌头"，是也。

第四节 上中下说

纯而归正者上。如"几席延尧舜,轩辕立禹功",是也。

淡而有味者中。如"闲防太古石,醉卧洞庭秋",是也。

华而不浮者下。如"华山插宝髻,石竹修罗衣",是也。

第三章 作法

第一节 作诗难易说

学问有渊源，文章有法度。文有文法，诗有诗法，字有字法。凡世间一能一艺，无不有法，得之则成，失之则否。信手拈来，出意妄作，本无根源，未经师匠，名曰杜撰。正如有修无证，纵是一闻千悟，尽属天魔外道。世言三代无文人，六经无文法，不知文人莫盛于三代，文法尽出于六经。韩文公言："其在唐、虞，皋陶、禹其善鸣者也，而假之鸣。夏之时，五子以其歌鸣。伊尹鸣殷。周公鸣周。周之衰，孔子之徒鸣之，其声大而远，非盛乎？"文公又言："作为文章，其书满家。上窥姚姒，浑浑无涯。周《诰》殷《盘》，诘屈聱牙。《春秋》谨严，《左氏》浮夸。《易》奇而法，《诗》正而葩。"又云："读《书》者无如《诗》，读《易》者无如《春秋》。"文法不出于《六经》，将安出乎？或者又曰："古诗作于田夫野老、幽闺妇女，岂有法乎？"是不然。《三百五篇》出于先王之泽，沉浸醲郁，道化所及，南北同风，性情既正，雅颂自作。及变风、变雅，犹且发乎情，止乎礼义，此人心之诗也。云何《三百五篇》删后之诗，不能仿佛一语？盖非王者之民不能作也，岂特删后？《春秋》之时，已不能作，孟子所谓"王者之迹熄而《诗》亡，《诗》亡然后《春秋》作"是也。诗之法度，岂无自来哉？诸君方学诗，姑且言其概。诗易吟，亦不[1]易吟。诗者，人之情性，途歌里咏，皆有可采。击壤老人，游衢童子，敕勒之鲜卑，拥楫之越人，人人有之，如之何不易？惟古人苦心终身，旬锻月炼，不曰"语不惊人死不休"，则曰"一生精力尽于诗"！今人未尝学诗，往往便谓能诗，岂不学而能哉？以此求工，岂不甚难？甚者，未踏李、杜脚板，便已平视鲍、谢；未辨芳洲、杜若，便谓奴仆《离骚》。虽曰一盲引众，岂无明眼遥观？只见其率尔可哂也。

第二节　意句字

　　大凡作诗须立意。意者，一身之主也。如送人则言离别不忍相舍之意；寄赠则言相思不得见之意；题咏花木之类，则用《离骚》芳草之意。故诗如马，意如善驭者，折旋操纵，先后疾徐，随意所之，无所不可，此意之妙也。又如将之用兵，或攻或战，或屯或守，或出奇以取胜，或不战以收功，虽百万之众，

---

[1] 不　《辽金元诗话全编·诗法正宗》（P.2091）作"未"。

多多益办，而敌人莫能窥其神，此意之妙也。意在于假物取意，则谓之比。意在于托物兴词，则谓之兴。意在于铺张实事，则谓之赋。但贵圆活透彻，辞语相颉颃，常使意在言表，涵蓄有余不尽，乃为佳耳。是以妙悟者意之所向，透彻玲珑。如空中之音，虽有所闻，不可仿佛；如象外之色，虽有所见。不可描摹；如水中之珠，虽有所知，不可求索。洞观天地，眇视万物，是为高古。剖出肺腑，不借语言，是为入神。超达虚空，了悟生死，是为离众。寄兴悠扬，因彼见此，是谓造巧。隔关写景，不露形迹，是为不俗。故意在于闲适，则全篇以雅淡之言发之。意在于哀伤，则全篇以凄惋之情发之。意在于怀古，则全篇以感慨之言发之。此诗之悟意也。

　　意既立，必须得句。句有法，当以妙悟为上。第一等句得于天然，不待雕琢，律吕自谐，神色兼备。奇绝者如孤崖断峰，高古者如黄钟大吕，飘逸者如清风白云，森严者如旌旗甲兵，雄壮者如千军万马，华丽者如奇花美女，是为妙句。其次必须造语精工，或动静，或大小，或真假，或生死，或远近，或今古，或虚实，或有无变化，仿佛使一句之中，常具数节意，乃为佳句。是以洞观天地之句，似放诞而非放诞；了达生死之句，似虚无而非虚无；剖出肺腑之句，似粗俗而非粗俗。意之所至，信手拈来，头头是道，不待思索，得之于自然。隔关写景之句，不落方体，不犯正位，不滞声色，左右上下，无所不通，似着题而非着题，非悟者不能作也。

句既得矣，于句中之字，浑然天成者为佳。下字必须清、必须活、必须响，与一篇之意、一句之意相通，各自卓立而复相成，是为本色。若了达生死之句，其字宜高古、宜真率；洞观天地之句，其字宜笼放、宜开阔、宜雄浑；剖出肺腑之句，其字宜沉着、宜痛快；寄兴悠扬之句，其字宜涵蓄、不露，宜优游不迫；隔关写景之句，其字宜精工、宜神奇、宜飞动、宜变化、宜峻峭、宜飘逸，每有似真非真、似假非假、若有若无、若此若彼之意为得之。

总而言之，一诗之中，必先得意。一句之中，必先得字。先得意，后得句，而字在乎其中，不待求索者，上也。若先得句，因之所在而生意，或先或后，使意能成就，此句之美者，次也。若先得字，因字而生句，因字而生意，意复与句皆成其字之美者，又其次也。故意也、句也、字也，三者全备为妙。意与句皆备而字有亏欠，则为小疵。若有意无句，则精神无光；有句无意，则徒事妆点。句、意俱不足，而惟于一字求工，何足取哉？然意之所忌者，最忌用俗，最忌议论，议论则成文字而非诗，用俗则浅近而非古。句之所忌者，最忌虚中之虚、实中之实，须虚中有实、实中有虚。字之所忌者最忌妆点、最忌衬贴，盖非本句之所有，而强为牵合以成之，是又不可不知。诗法中千言万语，大意皆不出乎熟矣，参之杜陵复出，不易吾言矣！

第三节 作诗准绳

（一）立意　要高古浑厚有气概，要沉着。忌卑弱浅陋。

（二）炼句　要雄伟清健，有金石声。

（三）琢对　要宁粗毋弱，宁朴[1]毋华[2]。忌俗对[3]。

（四）写景　要景中含意，事中瞰景，要细密清淡。忌庸腐雕巧。

（五）写意　要意中带景，议论发明。

（六）用事　陈古讽今，因彼证此。不可着迹，只使影子可也。虽死事亦当活用。

（七）押韵　押韵稳健，则一句有精神，如柱础欲其坚牢也。

（八）下字　或在腰，或在膝、在足，最要精思的[4]当。

（九）音节　诗之音节在炼句，而音节之枢纽，则在各句之第二字。协平仄而顺用之，音节忌散缓、忌迫促。气象优游，则音节自足。

---

[1] 朴　《辽金元诗话全编·诗法家数》（P.2001）作"拙"。
[2] 华　《辽金元诗话全编·诗法家数》（P.2001）作"巧"。
[3] 对　《辽金元诗话全编·诗法家数》（P.2001）作"野"。
[4] 的　《辽金元诗话全编·诗法家数》（P.2001）作"宜"。

第四节　因应要旨

　　荣遇之诗，要富贵尊严、典雅温厚，写意宜[1]闲雅、美丽清细。如王维、贾至诸公《早朝》之作，气格浑[2]深，句意严整，如宫商迭奏，音韵铿锵，真麟游灵沼，凤鸣朝阳也。学者熟之，可以一洗寒陋，后来诸公应诏之作，多用此体，然多志骄气盈。处富贵而不失其正者，几希矣，此又不可不知。

　　讽谏之诗，要感事陈辞、忠厚恳恻。讽谕甚切，而不失性情之正；触物伤感[3]，而无怨怼之辞。虽美实刺，此方为有益之言也。古人凡欲讽谏，多借此以喻彼。臣不得于君，多借妻以思[4]夫，或托物陈喻，以通其意。但观汉、魏古诗及前辈所作，可见未尝有无为而作者。

　　登临之诗，不过感今怀古，写景叹时，思国怀乡，潇洒游适，或寓讥刺归美之意，有一定之法律也。中间宜写四面所见山川之景，庶几移掇不动。第一联指所题之处，宜叙说起。第二联合用景物实事[5]。第三联合说人事，或感叹古今，或议论，却不可用硬事。或前联先说事感叹，则此联写景亦可，但不可两联相同。第四联就题生意，发感慨，缴前二句，或说何时再来。

---

[1]宜　《辽金元诗话全编·诗法家数》(P.2005)作"要"。
[2]浑　《辽金元诗话全编·诗法家数》(P.2005)作"雄"。
[3]伤感　《辽金元诗话全编·诗法家数》(P.2005)作"感伤"。
[4]思　《辽金元诗话全编·诗法家数》(P.2005)作"思其"。
[5]事　《辽金元诗话全编·诗法家数》(P.2006)作"说"。

征行之诗，要发出凄怆之意，哀而不伤，怨而不乱。悲时感事，触物寓情，方可。若伤亡悼屈，一切哀怨，又不[1]取焉。

赠别之诗，当写不忍之情，方见襟怀之厚。然亦有数等，如别征戍，则写死别，而勉之[2]效忠；送人远游，则写不忍别，而勉之及时早回；送人仕宦，则写喜别，而勉之忧国恤民。写一时之景以兴怀，寓相勉之词以致意。第一联叙题意起，第二联合说人事，或叙别，或议论。第三联合说景，或带思慕之情[3]。第四联合说何时再会，或嘱咐，或期望。中二联或倒乱前说亦可，但不可重复，须要次第。末句要有规警，意味深[4]永为佳。

咏物之诗，要托物以伸意。第一联宜明白物之出处。第二联宜咏物之形像。三联宜咏物之用，或寓意，或议论，或引证。四联就题外发意，结束本意而有余韵者为佳。

赞美之诗，多以庆喜颂祷期望为意，贵乎典雅浑厚，用事宜的当亲切。第一联要平[5]直，或随事命[6]意叙起。第二联意相承，或用事，必须实说本题之事。第三联转说，要变化，或前联不曾用事，此正宜用引证，盖有事料则语不空疏。结句则

---

[1] 又不　《辽金元诗话全编·诗法家数》(P.2006)作"吾无"。
[2] 之　《辽金元诗话全编·诗法家数》(P.2006)作"之努力"。
[3] 情　《辽金元诗话全编·诗法家数》(P.2006)作"情或说事"。
[4] 深　《辽金元诗话全编·诗法家数》(P.2007)作"渊"。
[5] 平　底本作"半"，据《辽金元诗话全编·诗法家数》(P.2007)改。
[6] 命　底本作"用"，据《辽金元诗话全编·诗法家数》(P.2007)改。

多期望之意。大抵颂德贵乎实,若褒之太过,则近乎谬赞矣[1];不[2]及则不合人情,而有浅陋之失。

赓和之诗,有三种:一曰依韵,谓同在一韵之中而不必用其事也。二曰次韵,谓和其原韵,而先后次第皆因之也。三曰用韵,谓有其韵而先后不必次也。此三者,次韵极难,我次其诗脚下走,岂易?压倒元白,必要另出新意。止要结语,或中联归到原作诗人便好。

哭挽之诗,要情真事实。若于其人情义深厚则哭之,无甚情分则挽之而已。当随人行状事实而作,并要切题。使人开口读之,便见哭挽其人方好,中间要隐然有感伤之意。

第五节　各体诗作法

凡作七言律诗要雄浑,要铿锵,要伟健,要高远。作五言要沉静,要深远,要细嫩。五言、七言,句语虽殊,法律则一。起句尤难,起句先须阔占地步,要高远,不可苟且。中间两联句法,或四字截,或两字截,须要血脉贯通,音韵相应,对偶相停,上下匀称。有两句共一意者,有各意者。若上联已共意,则下联须各意。前联既咏景物[3],后联须说人事。两联最忌同

---

[1] 谬赞矣　《辽金元诗话全编·诗法家数》(P.2007)作"谀"。
[2] 不　《辽金元诗话全编·诗法家数》(P.2007)作"赞美不"。
[3] 景物　《辽金元诗话全编·诗法家数》(P.2002)作"状"。

律。颈联转意要变化,须多下实字,字实则自然响亮,而句法健。其尾联要能开一步,别运生意结之,然或[1]有合前起意者亦妙。

诗句中又有字眼。五言字眼,多在第二,或第三字,或第五字,或在第二及第五字。字眼在第三字者,如"鼓角(悲)荒塞,星河(落)晓山""江莲(摇)白羽,天棘(蔓)青丝"是也。

字眼在第二字者,如"屏(开)金孔雀,褥(隐)绣芙蓉。""碧(知)湖外草,红(见)海东云",是也。

字眼在第五字者,如"两行秦树(直),万点蜀山(青)[2]""香雾云鬟(湿),清辉玉臂(寒)",是也。

字眼在第二字及第五字者,如"地(坼)江帆[3](隐),天(清)木叶(闻)""野(润)烟光(薄),沙(暄)日色(迟)""楚(设)关河(险),吴(吞)水府(宽)",是也。

杜诗法多在首联两句,上句为颔联之主,下句为颈联之主。

七言律难于五言律,七言下字较粗实,五言下字较细嫩。七言若可截作五字,便不成诗,须字字不可去[4]方是。所以句要藏字,字要藏意,如联珠不断为[5]妙。

凡作古诗,体格、句法俱要苍古。且先立大意,铺叙既定,

---

[1] 或 《辽金元诗话全编·诗法家数》(P.2003)作"亦"。
[2] 青 《辽金元诗话全编·诗法家数》(P.2003)作"尖"。
[3] 帆 底本作"河",据《辽金元诗话全编·诗法家数》(P.2003)改。
[4] 不可去 《辽金元诗话全编·诗法家数》(P.2003)作"去不得"。
[5] 为 《辽金元诗话全编·诗法家数》(P.2003)作"方"。

然后下笔，则文脉贯通，意无断续，整然可观。五言古诗或兴起，或比起，或赋起，须要寓意深远，托辞温厚，反复优游，雍容不迫。或感古怀今，或怀人伤己，或潇洒闲适。写景要雅淡，推人物[1]之至情，寓[2]感慨之微意，悲喜[3]含蓄而不伤，美刺宛曲而不露，要有三百篇之遗意。观汉、魏诸古诗，蔼然有感动人处，如"古诗十九首"，皆当熟读，久之自见其趣。七言古诗要铺叙得好，要有开合，要有机势，有风度，要迢递险怪、雄伟[4]铿锵，忌庸俗软腐。须是波澜开合，如江海之波，一波未平，一波复起；又如兵家之阵，方以为正，又复为奇，方以为奇，忽复是正，出入变化，不可纪极。须开合粲然，音韵铿然，法度森然，神思悠然，学问充然，议论超然。

绝句要宛曲回环，删芜就简，句绝而意不绝。多以第三句为主，而第四句发之。有实接，有虚接，承接之间，开与合相关，反与正相依，顺与逆相应。一呼一吸，宫商自谐。大抵起承二句固难，然不过平直叙起为佳，从容承之为是。至如宛转变化，工夫全在第三句，若于此转变得好，则第四句如顺流之舟矣。

---

[1] 物　《辽金元诗话全编·诗法家数》（P.2004）作"心"。
[2] 寓　《辽金元诗话全编·诗法家数》（P.2004）作"写"。
[3] 喜　《辽金元诗话全编·诗法家数》（P.2004）作"欢"。
[4] 伟　《辽金元诗话全编·诗法家数》（P.2004）作"俊"。

第六节　命题

凡作诗,须要认定题目。譬如走盘珠,虽圆转不定,而不离于盘。

唐人命题,亦自不同。取古人之集而观之,不必见诗,望期题引,即知其为唐人、今人矣。

命意敷词,不敢一字漏于题中,一字溢于题外。

古人吟诗,绝不草草。至于命题,各有深意。老杜《独酌诗》云:"步履深林晚,开樽独酌迟。仰蜂粘落絮,行蚁上枯梨。"《徐步诗》云:"整履步青芜,荒庭日欲晡。芹泥随燕嘴,花蕊上蜂须。"盖独酌则无献酬也,徐步则非奔走也,以故蜂、蚁极细微之物,皆能见之。若与客对谈,或急趋而过,则何暇致详于此,可见即小小写景,亦必紧照题中"独"字、"徐"字,故细之一字,公自任之也。

第七节　用韵

诗之用韵,犹夫将之用卒,卒必先行操练,而后可以出战。诗必习熟其韵,而后可以矢口成章。若使字韵不熟,而临时搜阅,岂能造句自如、构篇工致乎?

和韵诗有三体:一曰依韵,谓同在一韵之中,而不必用原韵也。二曰次韵,谓和其原韵,而先后次第皆因之也。三曰用韵，谓有其韵而先后不必次也。

押韵不可用哑韵。

首句出韵，古无此体。晚唐人作俑，宋人滥觞，不可学。

善押险韵，莫如韩昌黎，却无一字无出处也。

五言古诗换韵，如折梅下西洲可法，李白最长于此。

第八节　古韵今韵考及用法

古人所用之韵，始于六经。虞之赓歌，其最古者也。汉儒皆通晓古韵，自梁之沈约，束于周颙之四声，而古韵寖失其传。宋吴棫作《韵补》，而古韵始有成书。又宋郑庠有《古韵本》，当时但用吴说，而不用郑说。古韵叶音，当主吴棫。通转则兼考杜、韩诗。古韵不可施于律绝。若古诗及赋、颂、碑、志、铭、词、诔、赞之属，定用古韵。譬如宗庙雅乐，必用琴瑟鼓钟。若废宫悬而杂以琵琶筝拍，失其伦已。

今时所用之韵，始于齐梁。齐之周颙始作平上去入四声切韵，梁之沈约继之，隋之陆法言作《切韵》五卷。唐之孙愐以《切韵》为略，增字更名曰《唐韵》。宋之陈彭年、邱雍重修《唐韵》，删减易名曰《广韵》。宋景祐间，宋祁、丁度、李淑等，详定成书，加增极广，曰《集韵》。宋时国子监刊行，为应举诗赋之用者，曰《礼部韵略》。宋绍兴末，衢州毛晃增修，曰《毛氏增修礼部韵略》。宋理宗朝，平水刘渊又增刊，曰《壬子新刊礼部韵略》。宋又有徐铉，刊定《说文解字》，补正阙谬，其弟锴，发明奥义，曰《五音韵谱》。元初黄公绍，上综经传子史，下涉方言九流，纤悉备载，曰《古今韵会》。元阴氏时中、时夫兄弟所著，曰《韵府群玉》。明初，太祖诏宋濂等，集撰删并，曰《洪武正韵》。明万历间，茅溱平仲氏、范科斗文氏，遵《洪武正韵》，汇各家韵书，参互考订，曰《韵谱本义》。明上海潘恩，依阴氏韵黄氏注，曰《诗韵集略》。清常州邵长蘅子湘氏，古韵依吴才老《韵补》，今韵依阴氏、潘氏，省其复字，删正讹误，曰《古今韵略》。唐以前韵书无存，今所存者，宋元人韵耳。然各家韵本，均有抵牾繁简失当之处。唯邵氏《古今韵略》，援据精确，增删不苟，注简而典核，于古韵通转之处，独见稽考详明，诚韵学之集成、古今之善本也。元阴氏兄弟所著《韵府》，其部分依平水刘氏（即上平十五及下平十五之类），删并上声之拯部，共一百六部，删减三千余字，存八千八百有奇，此即今时通行韵本。明之潘氏，今之邵氏，皆本此书。宋漫堂云，自明代至今用之，或指之为沈韵，与平水韵者，皆是书也。今韵非沈韵不待言，较刘韵少三千字，则今韵之非刘韵较然易辨，而世儒目中不见古人之书，乃承讹袭舛，三百余年而不察，可怪也。

　　古韵作古诗，可通用。
　　平声东冬江（三韵通）
　　支微齐佳灰（五韵通）

鱼虞(二韵通)

真文元寒删先(六韵通)

萧肴豪(三韵通)

歌麻(二韵通)

庚青蒸(三韵通)

侵覃盐咸(四韵通)

七阳十一尤(无通有叶)

上声董肿讲(三韵通)

纸尾荠蟹贿(五韵通)

语虞(二韵通)

轸吻阮旱潸铣(六韵通)

筱巧皓(三韵通)

哿马(二韵通)

梗迥(二韵通)

寝感琰豏(四韵通)

廿二养廿五有(无通有叶)

去声宋送绛(三韵通)

寘未霁泰卦队(六韵通)

御遇(二韵通)

震问愿翰谏霰(六韵通)

啸效号(三韵通)

个祃(二韵通)

敬径（二韵通）

沁勘艳陷（四韵通无叶）

廿三漾廿六宥（无通有叶）

入声屋沃觉（三韵通）

质物月曷黠屑（六韵通）

陌锡职（三韵通）

缉合叶洽（四韵通）

十药（无通有叶）

古韵，有通，有叶，有转。径通者曰通，如一东通二冬，音本相类者是也。声转而通者曰转，如一东与三江，音不相类，转江为工乃得通也。叶者，音韵俱非，而切响通之，如一东所叶，心字乃思容切，音松也。叶音有绝不相类者，如一东所叶，应字音雍，国字音公。如用一东韵作古诗，俱可同用。转音有一字转作十声者，如敦字是也。有转作五声者，番字是也。番字一音藩，一音翻，一音婆，一音潘，一音波。敦字一音墩，一音屯，一音吞，一音褪，一音囤，一音投，一音准，一音怼，一音退，一音顿。

平声韵有阴，有阳。阴阳唯平声字有之，上、去、入俱无。如一东内之（通阴童阳），一先内之（天阴田阳）之类。重浊为阴，轻清为阳。如通与天二字出口重呼，乃阴也。童与田二字，出口轻呼，乃阳也。余可类推。阴平阳平，唯乐府词曲，务必辨之，诗犹可宽也。有以诗韵上下平为分阴阳者，误也。此盖前辈因平声韵多,分为上下卷,非分其音。若音则上平一东韵内,通字为阴,童字为阳;下平一先韵内,天字为阴,田字为阳,是上下平皆有阴阳也。

韵目下,有同用,独用。旧韵原有二百余部,如东韵目下,止载独用。二冬韵目下,则载与钟用。盖因旧韵分钟、冬为二部,今合并为一部,故曰与钟同用,余仿此。

第九节　作诗法会通

凡作诗,气象欲其浑厚,体面欲其弘阔,血脉欲其贯通,风度欲其飘逸,音律欲其铿锵。若雕刻伤气,敷衍露骨,此涵养之未至,当益心学。

诗要铺叙,波澜阔,用意深,琢句雅,使事当,下字切。观诗之法,亦当如此求之。

诗要首尾相应,一字一句,必须着意联合。

长篇妙在铺叙,时将一联挑转,又平平说将去,如此转换数匝,却将数语收拾,最佳。诗语贵涵蓄,言有尽意无穷者,天下之至言也。如清庙之瑟,一唱三叹,而余音远矣。大概要沉着痛快,优游不迫。

诗有四种高妙。一曰理高妙,二曰意高妙,三曰思致高妙,四曰自然高妙。

句中要有字眼,或腰或足或膝,无一定之处,最要的当。

所谓要炼字、下字者是也。

诗要炼字。字者,眼也。如老杜诗:"红入桃花嫩,青归柳叶新。"是炼第二字,非炼"入"字、"归"字,则是儿童诗。又曰:"暝色赴春愁。"又曰:"无因觉来往。"非炼"赴"字、"觉"字,便是俗诗。如刘沧诗云:"香销南国美人尽,怨入东风芳草多。"是炼"销"字、"入"字。"残柳宫前空露叶,夕阳川上浩烟波。"是炼"空"字、"浩"字,最是妙处。

作诗要运意高远,则胸次开广,自然不为浅近之见。世之学者,多用意中间两联,而不知首尾起结处,尤难下笔也。

人所常言者,我则寡言之;人所难言者,我则易言之,则诗自不俗。

诗有三多:读得多,记得多,作得多。

作诗最要苦思,诗之不工,只是不精思耳。不思而作,虽多亦奚以为?古人苦心讲求其句法、炼字、锻语,直曰"语不惊人死不休",又曰"一生精力尽于诗",其苦思可知矣!今学者于诗法茫茫然不知涯涘,往往便称能诗。呜呼!诗岂不学而能哉!

夫诗之为法也,有其说焉。赋、比、兴者,诗之制作之法也。然有赋起,有比起,有兴起。有主意在上一句,下则贴成[1]一句,而后方发出其意者。有直起一句,而主意在下一句,

---

[1] 成 《辽金元诗话全编·诗法家数》(P.1999)作"承"。

而就即发其意者。有双起二句,而作两股以发其意者。有一意作出者,有前六句俱若散缓,而收拾在后两句者。

诗之体有六,曰雄浑,曰悲壮,曰平淡,曰苍古,曰沉着,曰痛快,曰优游不迫。诗之俗忌有四,曰俗意,曰俗字,曰俗语,曰俗韵。

诗之戒有十,曰不可梗碍人口,曰烂熟不新人目[1],曰差错不贯穿[2],曰直致[3]不宛转,曰妄诞事不实,曰绮美[4]不典重,曰蹈袭不识使,曰秽浊不清新,曰砌合不纯粹,曰俳谐[5]而劣弱。

诗之为难有十,曰造理,曰精神,曰高[6]古,曰风流,曰典丽,曰质干,曰体裁,曰劲健,曰耿介,曰凄切。

大抵诗之作法有八:曰起句要高远;曰结句要不着迹;曰承句要稳健;曰下字要有金石声;曰上下相生;曰首尾相应;曰转折不费[7]力;曰占地步要阔,盖首两句先须要[8]占地步,则后六句若有本之泉,源源而至矣;地步一狭,譬若无根之潦,可立而待其竭矣。

---

[1] 烂熟不新人目　《辽金元诗话全编·诗法家数》(P.1999)作"陈烂不新"。
[2] 穿　《辽金元诗话全编·诗法家数》(P.1999)作"串"。
[3] 致　《辽金元诗话全编·诗法家数》(P.1999)作"置"。
[4] 美　《辽金元诗话全编·诗法家数》(P.1999)作"靡"。
[5] 谐　《辽金元诗话全编·诗法家数》(P.1999)作"徊"。
[6] 高　底本作"学",据《辽金元诗话全编·诗法家数》(P.1999)改。
[7] 费　《辽金元诗话全编·诗法家数》(P.1999)作"着"。
[8] 要　《辽金元诗话全编·诗法家数》(P.1999)作"阔"。

今之学者，倘有志于[1]诗，先将汉、魏、盛唐诗，日夕沉潜讽咏，熟其词，究其旨则，又访诸善诗之士以讲明之，则[2]自然有得，取诸[3]左右逢其源矣。苟为不然，则吾见其能诗者鲜矣，是若[4]孩提之童，未能行而欲行，鲜不仆也。

---

[1] 于 《辽金元诗话全编·诗法家数》(P.1999)作"乎"。
[2] 则 《辽金元诗话全编·诗法家数》(P.1999)作"若今人之治经，日就月将，而"。
[3] 诸 《辽金元诗话全编·诗法家数》(P.1999)作"之"。
[4] 若 《辽金元诗话全编·诗法家数》(P.2000)作"犹"。

第四章 诗境

第一节 骨髓

　　诗家作法虽多,要在摹情写景,各极其胜。杜诗五律有景到之语,如"落雁浮寒水,饥乌集戍楼""星垂平野阔,月涌大江流"是也。有情到之语,如"亲朋无一字,老病有孤舟""一时今夕会,万里故乡情"是也。有景中含情者,如"感时花溅泪,恨别鸟惊心""岸花飞送客,樯燕语留人"是也。有情中寓景者,如"影着啼猿树,魂飘结厣[1]楼""正愁闻塞笛,独立见江船"是也。有情景相融,不能区别者,如"水流心不竞,云在意俱迟""片云天共远,永夜月同孤"是也。有一句说景、一句说情者,如"悠悠照边塞,悄悄忆京华"是也。有一句说情、一句说景者,如"白首多年病,秋天昨夜凉"是也。

　　(日)(月)比拟君臣,(龙)比拟君位,(雨)(露)比拟

---

[1] 厣　底本作"唇",据《杜诗详注》(P.1479)改。

君恩泽,(雷)(霆)比拟君威刑,(山)(河)比拟君邦国,(阴)(阳)比拟君臣,(金)(石)比拟忠烈,(松)(柏)比拟节义,(鸾)(凤)比拟君子,(燕)(雀)比拟小人,(鱼)(虫)(草)(木)各以其类轻重比拟之。此等比拟,皆有根据,非可随意杜撰也。

诗有内意外意。内意欲尽其理,如颂、美、箴之类是也。外意欲尽其象,如日、月、山、河、草、木、鱼、虫是也。内外含蓄,方入诗格。如"旌旗日暖龙蛇动,宫殿风微燕雀高","旌旗"喻号令,"日月"喻时明,"龙蛇"喻君臣,"宫殿"喻朝廷,"微风"喻政教,"燕雀"喻小人,言号令明臣奉行也,政教出小人向化也,旌旗龙蛇外意也,号令政教内意也。

冥搜意句,全在一字包括大义。贾岛诗:"秋江待明月,夜语恨无僧。"此"僧"字有得也。郑谷《咏燕诗》:"闲几砚中窥水浅,洛花径里得泥香。"此"香"字有得也。

先须明其体势,然后用思取句。诗有十势:一曰芙蓉映水势,诗曰:"径与禅流并,心将世俗分。"二曰龙潜巨浸势,诗曰:"天下已归汉,山中犹避秦。"三曰龙行虎步势,诗曰:"两浙寻山遍,孤舟载鹤归。"四曰狮掷势,诗曰:"高情寄南涧,白日伴云闲。"五曰寒松病枝势,诗曰:"一心思谏主,开口不妨人。"六曰风动势,诗曰:"半夜长安雨,灯前越客吟。"七曰惊鸿背飞势,诗曰:"龙楼曾作客,鹤氅不为臣。"八曰离合势,诗曰:"东西南北人,高迹此相亲。"九曰孤鸿出塞势,诗曰："众木又摇落，望君君不还。"十曰虎纵出群势，诗曰："三间茅屋无人到，十里松门独自游。"《贻潜溪隐者诗》："高情同四皓，高卧翠萝间。"此破题，龙潜巨浸势也。"大国已如镜，先生犹恋山。"此颔联，龙行虎步势也。"钓矶苔色老，庭树鸟声闻。"此景联，惊鸿背飞势也。"未省开三径，何人得往还。"此断句，狮子返掷势也。观此一诗，凡具四势，其它可以类推矣。

诗道至玄至妙，非言所及。若悟诗道，方知其难。诗曰："未必星中月，同他海上心。"《禅月诗》："万缘冥目尽，一衲乱山深。"薛能诗："九江空有路，一室掩多年。"周朴诗："尘世自碍水，禅门长自关。"此乃诗道也。

诗有四炼，即炼字、炼句、炼意、炼格。炼句不如炼字，炼字不如炼意，炼意不如炼格。

诗有五理，即美、刺、规、箴、诲也。"都来消帝道，浑不用兵防。"此美君有道德以服远人也。"桑柘废来犹纳税，田园荒尽尚征徭。"刺税重也。"幸无偏照处，刚有不明时。"规圣人行号令亦有不明时也。"日暮碧云合，佳人期不来。"箴佞人进而使贤人不仕也。"明河川上没，芳草露中哀。"诲明时草泽中贤人不得用也。

第二节　诗家四则

句

一诗之中，妙在一句为诗之根本。根本不凡，则枝叶自然殊异。正如威将示权，奇兵翕合；君子在位，善人自来。

字

一字之妙，所以含趣之微。一诗之根，所以生一字之妙。故夫圆活善用如转枢机，温清自然，如瞻佩玉。

法

病在（腐）、在（浮）、在（常）、在（闇）（弱）、在（生）（强）、在（无）（谓）、在（枪）（棒）、在（嘴）（爪）、在（不）（经）。犹陶家营器，本陶一土而等差非一，然有古形今制之别，精朴浅深之殊，贵各具体用形制之似尔。诗则诗矣，而名制非一。汉晋（高）（古），盛唐（风）（流），西昆（秾）（冶），晚唐（华）（藻），宋氏（雕）（镂），洎江西诸家造立不等，气象差殊，各求其似者耳。

格

所以条达神气,吹嘘兴趣,非音非响,能诵而得之。犹清风徘徊于幽林,遇之可爱;微径萦纡于遥翠,求之愈深。

第三节 诗家十则

意

作诗先命意,如构宫室,必须法制度,形已备于胸中,始施斧斤。以此实验,取譬则风之于空、春之于世,虽暂有其迹,而无能得之于物者,是以造化超空,变化已成。立意不凡,情真愈远。

趣

意之所不尽,而有余者之谓趣。是犹听钟而得其希微,乘月而思游汗漫,窅然直用,将与造化者周流,此其趣也。

神

其所以变化诗道，濯炼性情，会秀储真，起源达本，皆其神也。

情

是由中心静想而生，不必尽论、不必不论，犹月于水，触处自然于诗。为色为染，情染在心，色染在境，一时心境会融，而情出焉。

气

其于条达为清明，滞着为昏浊。贵乎流通虚往，无碍盛大，蔼如春和然，非果有所自，而生之者愈不可不知。

理

有所兴起而言也，故凡一事之感、一物之悟，皆兴起也，而其悲欢通塞，总属自然，非有造设，惟不尽其所已尽之兴，犹王家之疆理也。

力

今之发足,将有所即,靡不由是而达,然犹有所未至,非日积之功既深,则足力之病进。于诗且然,非寻思之功深,则材力之病进,要在驯熟,如与握手俱往。

境

耳闻目击,神寓意会,凡接于形似声响,皆为境也。然达其出深玄远,发而为佳言;遇其浅深陈腐,积而为俗意。复如心之于境,境之于心。心之于境,如镜之取象;境之于心,如灯之取影。亦各因其虚明净妙,而实悟自然。故于精想经营,如在图画,不着一字,庶乎神生。

物

凡引古证今,当如己造,无为彼夺,缘望失真,其如窅然色之胶青,空然水之盐味,形趣泯合,神造自如。

事

诗指其一而不可着,复不可脱。着则落在陈腐科臼,脱则失其所以然，必究其形体之微，而超乎神化之外。

第四节　诗境二十种

一曰高，二曰逸，三曰贞，四曰忠，五曰节，六曰志，七曰气，八曰情，九曰思，十曰德，十一曰诚，十二曰闲，十三曰达，十四曰悲，十五曰苦，十六曰怨，十七曰意，十八曰力，十九曰静，二十曰远。

风韵切畅曰（高）。如左太冲诗："被褐出阊阖，高步追许由[1]。振衣千仞冈，濯足万里流。"是其高也。

体格闲放曰（逸）。如"左挹浮兵袂，右拍洪厓肩。"是其逸也。

放词正直曰（贞）。如"山峰高无极，泾渭扬清浊。"是其贞也。

临危不变曰（忠）。如唐太宗诗："疾风知劲草，板荡识忠臣。"是也。

操持不改曰（节）。如"马步缩如猬，角弓不可张。时危见臣节，世乱识忠臣。捐躯报明主，身死为国殇。"是也。

立性不放曰（志）。如左太冲诗："习习笼中鸟，举翔触回隅。落落穷巷士，抱影守空庐。"是也。

---

[1] 许由　底本作"评文"，据《先秦汉魏晋南北朝诗》（P.733）改。

风情耿介曰(气)。如吴钧诗:"何当数千丈,为君覆明日。"是也。

缘景不尽曰(情)。如班婕妤诗:"出入君怀袖,动摇微风发。常恐秋节至,凉飚夺炎热。"是也。

气多含蓄曰(思)。如苏子卿诗:"黄鹄一远别,千里顾徘徊。"是也。

词温而正曰(德)。如谢灵运诗:"南州实炎德,桂树陵寒山。"是也。

检束防闲曰(诫)。如古诗:"人生寄一世,奄忽若飚尘。何不策高足,先据要路津。"是也。

性情疏野曰(闲)。如江文通诗:"桂栋留夏飚,兰寮定冬霰。青林结冥蒙,丹巘被葱菁。"是也。

心迹旷诞曰(达)。如古诗:"服药求神仙,多为药所误。不如饮美酒,被服纨与素。"是也。

伤甚迫切曰(悲)。如王仲宣诗:"临穴呼苍天,泪下如绠縻。"是也。

哀怀隐痛曰(苦)。如水立和尚诗:"悬针刺出江山血,截管吹伤天地心。"是也。

词理凄惨曰(怨)。如古诗:"枯桑知天风,海水知天寒。入门各自媚,谁宜相与言。"是也。

有为而言曰(意)。如古诗:"青青陵上柏,磊磊涧中石。人生天地间,忽如远行客。"是也。

体裁劲健曰（力）。如沈约诗："咏歌麟趾合，箫管凤雏来。"是也。

神清安寂曰（静）。如谢朓诗："鱼戏新荷动，鸟散余花落。不知松风下，动林狖未鸣。"乃谓意中之静也。

相隔辽绝曰（远）。如王维《送晁监还日本诗》："向国惟看日，归帆但言风。鳌身映天黑，鱼眼射波红。"渺渺望水，杳杳望山，乃意中之远也。

第五章 诗忌

第一节　四不入格

何谓四不入格,轻重不等,用意太过,指事不实,用意偏枯,是也。

第二节　五忌

五忌者,格弱,字俗,才浮,理短,意杂是也。

格弱则诗不老,字俗则诗不清,才浮则诗不雅,理短则诗不深,意杂则诗不纯。

第三节　律诗八病

一(平)(头)病。第一字不得与第六字同声,第二字不得与第七字同声。如"(今)(日)良宴会,(欢)(乐)难具陈。""今""欢"字同声,"日""乐"字同声也。

二（上）（尾）病。第五字不得与第十字同声。如"西北有高楼，上与浮云（齐）。""楼""齐"字同声也。

三（蜂）（腰）病。第二字不得与第五字同声。两项大，中心细似蜂腰也。如"闻（君）爱我甘，切（欲）自修饰。""君""甘"字平声，"饰""欲"字皆入声也。

四（鹤）（膝）病。第五字不得与第十五字同声，所以两头细，中间粗，如鹤膝也。如"客从远方（来），遗我一书札。上言长相（思），下言久离别。""来""思"皆平声也。若一句举其法，首尾须避之，第三字不得与第五字相犯，第五字不得与第七字相犯也。

五（大）（韵）病。重叠相犯，如五言诗以"新"字为韵者，九字内若用"津""人"字为大韵病。如"（胡）姬年十五，春日正当（炉）。""胡""炉"字同声也。

六（小）（韵）病。除本韵外，九字中不得有两字同韵。如"客（子）（已）乖（离），那（宜）远相送。"即是大韵"子"与"己"同声。小韵五字内最忌，九字内稍缓。

七（正）（纽）病。"壬""纴""任""入"一纽，一句内有"壬"字，更不得犯"纴""壬""入"字也。如"我本汉（家）女，来（嫁）单于庭。""家"与"嫁"二字系正纽也。

八（旁）（钮）病。五言诗一句内有"月"字，更不可用"元""阮""愿"字，此是双声即旁钮也。五字中急，十字中稍缓。旁钮者缘声而来相忤也。

第四节　五戒

一　讥讪

圣人感人心，而天下和平。感人心者，莫先乎情，莫始乎言，莫切乎声，莫深乎文。故诗贵和平，令人易感。温柔敦厚，诗之本教也。

学者不知风人之意，不可以作诗。诗尚婉讽，惟言之者无罪，闻之者足以戒，乃为有补。若讽而涉于毁谤，闻者怒之，何补之有。

韩文公《赠张曙诗》云："久钦江总文才妙，自叹虞翻骨相屯。"以虞翻自比，而以江总待人，岂圣贤谦己恕人之意哉？考曙之为人，亦无奸佞似江总者。若曰以文才论，何不以鲍照、何逊为比，而必曰江总乎？此乃韩公偶然失检处，而宋人多学之，谓之占地步。心术先坏矣，何地步之有？

二　谄谀

唐自贞元以后，藩镇富疆，兼所辟召，能致通显。一时游客词人，往往挟其所能，或行卷贽通，或上章陈颂，大者以希拔用，小者以冀濡沫。故剽窃云扰，谄谀泉涌，取办俄顷以为捷，使事饾饤以为工。至于贡举，本号词场，而牵压俗格，阿趋时好。上第巍峨，多是将相私人；座主密旧，甚乃津私禁脔。自比优伶，关节幸跻，身为军吏，下第之后，尚尔乞怜主司，冀其复进。是以性情之真境，为名利之钩途，诗道日卑，宁非其故？

三　鄙俗

凡诗人题咏必胸次高超，下笔方能卓绝。杜马诗："雄姿未受伏枥恩，猛气犹思战场利。青丝络头为君老，何由却出横门道。"如此状物，不惟格韵特高，亦见少陵人品。若曹唐《病马诗》："一朝千里心犹在，未敢潜忘秣饲恩。"乃乞儿语也。

杜诗句法，后人用之而工拙不同。如"锁石藤梢元自落，倚天松骨见来枯"，摹仿之者，有云"眉毛覆眼见来青"，全涉俚俗，雅韵何存！

但涉江湖热闹语，即便鄙俗。但用通行字无法，即便软弱。软弱易医，鄙俗难医。

四　纤亵

或问有一字至九字，或拆字等诗，此旧格耶？抑纤体耶？予曰："格则于昔有之，终近游戏，不必措意。他如地名，人名，药名，五音，建除，数目等体，总无关于大雅，一笑置之可矣。"

沈选凡例云:"诗本六籍之一,王者以之观民风、考得失,非为艳情发也。虽《三百》以后,《离骚》兴美人之思,平子有定情之咏,然辞则托之男女,义实关乎君臣朋友。自《子夜》、《读曲》专咏艳情,而唐末西昆、香奁,抑又甚焉,去风人远矣。集中所载,间及男女夫妇之词,要得好色不淫之旨。而淫哇私亵,概从阙如。"

五 剽窃

剽窃蹈袭,诗之大病。唐人诗云:"海色晴看雨,钟声夜听潮。"至周以言则云:"海色晴看近,钟声夜听长。"唐僧诗云:"经来白马寺,僧到赤乌年。"至皇甫子循则云:"地是赤乌分教后,僧同白马赐经时。"虽以剽语得名,然犹未见大决撒。独太白有"人烟寒橘柚,秋色老梧桐"句,黄鲁直更之曰"人家围橘柚",只改两字,而丑态毕具矣。又有点金成铁者,少陵有句云"昨夜月同行",陈无已则云"勤勤有月与同归";少陵云"暗飞萤自照",陈则云"飞萤元失照";少陵云"文章千古事",陈则云"文章平日事";少陵云"乾坤一腐儒",陈则云"乾坤着腐儒";少陵云"寒花只暂香",陈则云"寒花只自香"。一览可见,窃取何为?

释皎然论诗有三偷,谓语、意、势也。三偷之中,其上偷势,其次偷意,偷语最为钝贼。

第六章 诗诀

第一节 十要

入门

夫学诗者,以识为主。入门须正,立志须高,以汉魏晋盛唐为师,不作开元天宝以下人物。若自退屈,即有下劣诗魔入其肺腑之间,由立志之不高也。行有未至,可加工力。路头一差,愈骛愈远。由入门之不正也。

凡作诗不可使格落凡下,每一篇中抒情写景,大抵以格调为主意,兴经之,词句纬之。

作文当学龙门,作诗当学少陵,以二书为根本,朝夕诵读,则趋向正而可以进退百家矣。

斫轮染丝,功在初化。器成彩定,难可翻移。

取法

作诗须量力度才，取其近似者，以为楷法，久则有成矣。若性质恬旷，而务求华艳；才情绮丽，而强拟沉郁。始须效颦，终失故步。所谓行岐路者不至，怀二心者无成也。

好大者自讳其短，强其所未至，而务求各家之长，撮诸体之胜，揽结多而精华少，摹拟勤而本真漓，非善取法者也。

文术多门，各适所好。明者弗授，学者弗师，于是习华随侈，流遁忘返。若能确乎正式，使文明以健，则风清骨峻，篇体光华。

子昂原本于阮公，左思嗣音夫彭泽。揆厥由来，精神符合。

储材

凡作诗，平居须收拾诗材以备用。

昔桓谭学赋于杨雄，雄令读千首赋，盖所以广其资，亦得以参其变也。故古诗三百，可以博其源。遗篇十九，可以约其趋。乐府雄高，可以厉其气。离骚深永，尤可以神其思。然后法经而植旨，绳古以崇词。

学诗者，当效法于古。取材于先，采撷李杜诸大家之华，以为骨格。多读书广闻见，以资诗料。声律既彻，神境自孚，而胸次勃然。每遇一题，即有真机流出，则随意唱咏，佳句自生。不然，潦草经营，必归陋习，刻意创造，终乏天工。唯在裕于平时，而临毫方不局促。

或问荆公："杜诗何故妙绝古今？"公曰："老杜固尝自言之：读书破万卷，下笔如有神。"

立格

诗贵先立格局，然有正格有变格。正则为规为矩，变则神明于规矩者也。

若筑室之须基构，裁衣之待缝缉。众理虽繁，而无倒置之乖。群言虽多，而无棼丝之乱。

夫画者谨发而易貌，射者仪毫而失墙。锐精细巧，必疏体统。故宜诎寸以信（同伸）尺，枉尺以直寻，弃偏善之巧，学具美之绩，此命篇之经略也。

诗要首尾照应，多见人中间一联尽有奇构，全篇凑合，如出二手。

每一题到，茫然思不相属，几谓无措。沉思久之，如瓴水去窒、乱丝抽绪，种种纵横坌集，却于此要下剪裁，以定格局。

命意

作诗先命意，如构宫室，必须间架形势，已备于胸中，始施斧斤。然立意卑凡，则情真愈远。

唐人咏马嵬之事尚矣！世所称者，刘禹锡云："官军诛佞幸，天子舍妖姬。"白乐天云："六军不发无奈何，婉转蛾眉马前死。"此乃官军背叛，逼迫明皇，不得已而诛贵妃也，颇失事君之礼。老杜《北征》诗曰："不闻夏殷衰，中自诛妹妲。"盖言玄宗悔祸，无预官军也，此非命意之超乎？

临篇缀虑，必有二患。理郁者苦贫（谓用意而理不能畅言者，因空疏之故）。辞溺者伤乱（谓用意而辞多溺者，伤于杂乱）。然则博见为馈贫之粮，贯一为拯乱之药。博而能一，亦有助乎心力矣。

声调

诗必有具眼，亦有具耳。眼主格，耳主声。

吟咏之间，吐纳珠玉之声。

毋论古律、正体、拗体，皆有天然音节，所谓天籁也。唐宋元明诸大家，无一字不谐。

夫音律所始，本于人声者也。声含宫商，肇自血气，先王因之以制乐歌。故知器写人声，声非学器也。（敬言语者，文章神明，枢机吐纳，律吕唇吻而已）

炼字

语欲妥帖，故字必推敲。盖一字之瑕，足以为玷；片语之累，并弃其余。此刘勰所谓改章难于造篇，易字艰于代句者也。

杜《东亭》诗，得力全在诗腰数虚字。着一"欹"字，如见巉巗参错；着一"曳"字，宛然藻荇交横；曰"冲岸"，则跳突排涌，惟恐堕岸；曰"护巢"，则疾飞急赴，惟恐失巢，并鱼鸟精神，俱为写出，此诗家炼字法也。

陈舍人从易，偶得杜集旧本，文多脱误。《送蔡都尉诗》："身轻一鸟"，其下脱一字，陈公与客各用一字补之，或云"疾"，或云"落"，或云"下"，莫能定。后得一善本，乃是"过"字，陈叹服，以为虽一字诸君亦不能到也！

用古

综学在博，取事贵约。

虽引古事而莫取旧辞，又凡用旧合机，不啻自其口出。

善使故事者，勿为故事所使。如禅家云："转法华，勿为法华转。"使事之妙，在有而若无，实而若虚。

陆机《园葵诗》云："庇足同一智，生理合异端。"夫葵能卫足，事讥鲍庄。葛藟庇根，辞自乐豫，若譬葛为葵，则引事为谬。若谓庇胜卫，则改事失真，斯又不精之患。

苦思

诗不废思，古有十年成咏、三载卒吟者，彼非短于才也，特以好句难得耳。今人才谙吟咏，便自负敏捷，而率尔成篇，字句鄙俚，岂徒见长，只以博笑。

读书而不得古人之肺腑则不必读，作诗而不尽一生之精神则不必作。

作诗者初命一题，神情不属，便有一种供给应付之语，畏难怯思，即以克役，故每不得佳。予戏谓此乃应急舆隶，须驱遣去另换正身，能破此一关，沉思忽至，种种真相见矣。

成家

凡读唐诗者，全在得古人精神，并其笔法之妙。若徒摹仿字句，而拾其余唾。以为某诗似杜，某诗似李，虽极高妙，岂能加于李杜之上乎？故必扫去蹊径，法古而不为古所拘，自成一家言，方称匠手。

诗有必不能废者，虽众体未备，而独擅一家之长，如孟浩然洸洸易尽，止以五言隽永，千载遂并称"王孟"。

一家之言易工，众妙之门难兼。

第二节 五事

真欲学诗，须力行五事。

一曰诗本，吟咏本出情性，古人各有风致。学诗者，必先调燮性灵、砥砺风义，必优游敦厚，必风流酝藉，必人品清高，必神情简逸，则出辞吐气，自然与古人相似。文中子谓："文人之行可见。谢灵运，小人哉，其文傲；沈休文，小人哉，其文冶；鲍照、江淹，古之狷者也，其文急以怨；吴筠、孔珪，古之狂者也，其文怪以怒；谢庄、王融，古之纤人也，其文碎；徐陵、庾信，古之夸人也，其文诞；刘孝绰兄弟，鄙人也，其文淫；湘东王兄弟，贪人也，其文繁；谢朓，浅人也，其文捷；江总，诡人也，其文虚。"此非但作文之病，亦作诗之害。若做得好人，必做得好诗也。

二曰诗资。王荆公谓："杜少陵读书破万卷，下笔如有神，是他自言入神处。"韩文公亦称卢仝"于书无不读，然止用以资为诗"。山谷谓："不读书万卷，不行地千里，不可看杜诗。杜诗无一字无来处。"东坡谓："孟浩然如内法酒手而乏材料。"盖有才无学，如有良将而无精兵，有巧匠而无利器，虽才高如孟浩然，犹不能免讥，况他人乎？今人空疏窘材料者，只是读少、记少、讲明少故也。如晋王恭少学，虽善谈论，未免重出，以至对偶偏枯，意气馁薄，皆无以为之资耳。

三曰诗体。三百篇末流为楚辞，为乐府，为《古诗十九首》,为苏、李五言,为建安、黄初,此诗之祖也。《文选》刘琨、阮籍、潘、陆、左、郭、鲍、谢诸诗,渊明全集,此诗之宗也。齐、梁、《玉台》,体制卑弱,然杜甫于阴、何、徐、庾,称之不置,但不可学其委靡。唐陈子昂《感遇》诸篇,出人意表;李太白《古风》,韦苏州、王摩诘、柳子厚、储光羲等古体,皆平淡萧散,近体亦无拘挛之态、嘲哳之音,此诗之嫡派也。杜少陵古、律,各集大成,渐趋浩荡,正如颜鲁公书一出,而书法尽废,盖[1]其浑然天成,略无斧凿,乃诗家运斤成风手也,是以独步千古,莫能继之。其它唐人宋贤,奇作大集,固当遍参博采,难以遍学。韩诗太豪,难学;白乐天太易,不必学;晚唐体太短浅,不足学;东坡诗太波澜,不可学。若宛陵之淡,山谷之奇,荆公之工,后山之苦,简斋以李、杜之才兼陶、柳之体,最为后来一大宗本。若近世江湖等作,非特不足观,须是将凤生所记一联半句,一洗而空,使吾胸中无非古人之语言意思,则下笔不期于高远而自高远矣。朱文公《答巩仲至书》,于诗道源委正变,最为详尽,玩味之余,触类而长,则诗体洞然矣。

四曰诗味。唐司空图教人学诗须识味外味,坡公尝举以为名言。如所举"绿树连村暗""棋声花院闲""花影午时天"等句是也。人之饮食,为有滋味,若无滋味之物,谁复饮食之?

---

[1] 盖 《辽金元诗话全编·诗法正宗》(P.2092)作"言"。

为古人尽精力于此，要见语少意多，句穷篇尽，目中恍然别有一境界意思，而其妙者，意外生意，境外见境，风味之美，悠然甘辛酸咸之表，使千载隽永，常在颊舌。今人作诗，收拾好语，襞积故实，秤停对偶，迁就声韵，此于诗道有何干涉？大抵句缚于律而无奇，语周于意而无余；语句之间，救过不暇，均为无味。槁壤黄泉，蚓[1]而后甘其味耳。若学陶、王、韦、柳等诗，则当于平淡中求真味，初看未见，愈久不忘。如陆鸿渐品尝天下泉味，如扬子中泠为天下第一，水味则淡非果淡，乃天下至味，又非饮食之味所可比也。但知饮食之味者已鲜，知泉味者又极鲜矣。

　　五曰诗妙。诗妙谓变化神奇，游戏三昧。任渊谓："看后山诗，如参曹洞禅，不犯正位，切忌死语。"又诗之达识者，譬诸散圣安禅，凡正言若反，寓言十九，言景见情，词近旨[2]远，不迫切而意独至者皆是也。庄语不可用，谓之不韵；经书语不可用，谓之抄书。至于说道理，字字著相，句句要好，谓之"作诗必此诗"，皆病也。刘宾客谓："诗者，人之神明。"谓当神而明之，大而化之。如林间月影，见影不见月；如水中盐味，知味不知盐；如画不观形似，而观萧散淡泊之意；如字不为隶楷，而求风流萧散之趣。超脱如禅，飘逸如仙，神变如龙虎，抵掌

---

[1] 蚓　底本作"矧"，据《辽金元诗话全编·诗法正宗》（P.2093）改。
[2] 旨　《辽金元诗话全编·诗法正宗》（P.2093）作"言"。

笑谈如优孟，诙谐滑稽如东方朔，则极玄造妙矣。学者[1]倘能养性以立诗本，读书以厚诗资，识诗体于源委正变之余，求诗味于盐梅姜桂之表，运诗妙于神通游戏之境，则古人不难到，而诗道昌矣。

第三节　琐言

　　学诗先除五俗。一曰俗体，二曰俗意，三曰俗句，四曰俗字，五曰俗韵。

　　有语忌，有语病。语病易除，语忌难除。语病古人亦有之，惟语忌则不可有。

　　须是本色，须是当行。

　　对句好可得，结句好难得，发句好尤难得。

　　发端忌作举止，收拾贵在出场。

　　不必太着题，不必多使事。

　　押韵不必有出处，用事不必拘来历。

　　下字贵响，造语贵圆。

　　意贵透彻，不可隔靴搔痒。语贵脱洒，不可拖泥带水。

　　最忌骨董，最忌趁贴。

　　语忌直，意忌浅，脉忌露，味忌短。音韵忌散缓，亦忌迫促。

---

[1] 学者　《辽金元诗话全编·诗法正宗》(P.2093)作"诸君"。

诗难处在结里,譬如番力,须用北人结里,若南人便非本色。

须参活句,勿参死句。

词气可颉颃,不可乖戾。

律诗难于古诗,绝句难于八句。七言律诗,难于五言律诗。五言绝句,难于七言绝句。

学诗有二节,其初不识好恶,连篇累牍,肆笔而成。既识羞愧,始生畏缩,成之极难。及其透彻,则七纵八横,信手拈来,头头是道矣。

看诗须着金刚眼睛,庶不眩于旁门小法。(禅家有金刚眼睛之说)

辨家数如辨苍白,方可言诗。(荆公评文章先体制而后文之工拙)

诗之是非不必争,试以己诗置之古人诗中,与识者观之而不能辨,则真古人矣。

第七章

诗论

刘禹锡曰:"圣人感人心而天地和平。感人心者,莫先乎情,莫始乎言,莫切乎声,莫深乎文。故诗贵和平,令人易晓。温柔敦厚,诗之本教也。"

又曰:"片言可以明百意,坐驰可以役万景,工于诗者能之。风雅体变而兴同,古今调殊而理一,达于诗者能之。"

吴宽曰:"诗可以观人之性情,情性褊隘者其词躁,宽裕者其词平,端静者其词雅,疏旷者其词逸,雄伟者其词壮,酝藉者其词婉。涵养性情,发于气,形于言,此乃诗之本源也。"

方孝孺曰:"作诗最重丰致,意欲圆,语欲活,气欲流畅。藏深思于寓言之中,发天趣于摸题之外可也。"

解缙曰:"诗在相题,不可一律而论。有宜含蓄者,则意当浑。有宜豪放者,则意当发露。有宜庄重者,则语当痛快。有宜轻送者,则语当流丽。"

商辂曰:"诗之写题处,妙在亲切。其出题处,妙在有美刺之隐情。喜怒哀惧爱恶欲之深意。"

严羽曰:"夫诗有别材,非关书也。诗有别趣,非关理也。

然非多读书、多穷理，则不能极其至。所谓不涉理路，不落言筌者，上也。诗者吟咏性情也，盛唐诸人，惟在兴趣，羚羊挂角，无迹可求。故其妙处，透彻玲珑，不可凑泊，如空中之音、相中之色、水中之月、镜中之象，言有尽而意无穷。"

范德机曰："诗贵乎实，实则随事命意，遇景得情，如传神写真，各尽其态，自不至有重复蹈袭之患。"

杨弘曰："诗要铺叙正，波澜阔，用意深，琢句雅，使字当，下字响。"

又曰："诗不可凿空，强作待境而生自工。"

诗要首尾相应，多见人中间一联，尽有奇拙，合篇凑全，如出二手，便不家数。一句一字，必须着意联合也。诗中用事，僻事实用，熟事虚用。说理要简易，说意要圆活，说景要微妙。

人所多言，我寡言之。人所难言，我易言之。则自不俗。丘浚曰："作诗须先得意，意得则词自达，韵自协，篇自易成。若漫不立意，而徒致饰于字句之间，则不入于割裂，即入于补缀，未善也。"

又曰："诗中用字，一毫不可苟。倘一字不雅，则一句不工。一句不工，则全篇皆废矣。"

然用字法，一曰该音，如平平仄仄平平仄之类。二曰审意，如意可明言，则用显字；意当晦言，则用晦字之类。三曰袭古，如搜索古书，及今人曾下好字面之类。宋濂曰："诗为韵所缚，作者须以题意为主、韵为客，使题意与韵，若出天成，不作牵合补塞态，方是作手。若为韵扦格，反致与意义矛盾，则舛错鄙俚之弊，不能无矣。"

杨士奇曰："诗之气势，最忌断续。如颔联与起句不接，腹联与颔联不接，结句又与前联不相荣摄，便非诗也。作者须一气呵成，贯珠而下，不露痕迹方妙。"

唐庚曰："诗在与人商论，深求其疵而去之，等闲一字放过，则不可殆近法家，故谓之诗律。"

梅尧臣曰："思之工者，写难状之景，如在目前；含不尽之意，见于言外。"

王世贞曰："诗旨有极含蓄者，隐恻者，紧切者；法有极婉曲者，清畅者，峻洁者，奇诡者，玄妙者。骚赋古选乐府歌行，千变万化，不能出其境界。"

张南轩曰："作诗不可直说破，须知诗人婉而成章，楚辞最得诗人之意，如言'沅有芷兮澧有蕙，思公子兮未敢言'，则思之之意深，而不可以言语形容也。若说破如何思，如何思，则意味浅矣。"

朱元晦曰："诗者志之所在，在心为志，发言为诗。然则诗者岂复有工拙哉，亦视其志之所向者高下如何耳。是以古之君子，德足以求其志，必出于高明绝一之地，其于诗固不学而能之。至于格律之精粗，用韵属对比事，遣词之善否。今以魏晋以前诸贤之作考之，未有用意于其间者，而况于古诗之流乎？近世作者，乃始留情于此，故诗有工拙之论，而葩藻之词胜，言志之功隐矣。"

问:"李太白'清水出芙蓉,天然去雕饰',前辈多称此语好,何如?"曰:"自然之好,又不如'芙蓉露下落,杨柳月中疏',则尤佳。"

杜子美"暗飞萤自照",语亦是巧。韦苏州云:"寒雨暗深更,流云飞高阁。"自景色可想。

诗须是平易不费力,句法浑成。如唐人王子川辈,句虽险怪,意思亦自有浑成气象。如陆务观诗:"春寒催唤客尝酒,夜静卧听儿读书。"不费力好。

白乐天《琵琶行》云:"嘈嘈切切错杂弹,大珠小珠落玉盘。"是和而淫。至"凄凄不似向前声,满座重闻皆掩泣",这是淡而伤。

石曼卿诗,极有好处。如"仁者虽无敌,王师固有征""无私乃时雨,不杀是天声"。又如《筹笔驿》诗"意中流水绕,愁外旧青山"句极佳。古人诗中有句,今人诗中无句,只是一直说将去,这般诗一日作百首也得。如陈简斋诗:"乱云交翠壁,细雨湿青林。暖日熏杨柳,浓阴醉海棠。"是甚么句法。

欧阳最喜一人送别诗,两句云:"晓日都闪过,微凉草树秋。"又喜常建[1]诗:"曲径通幽处,禅房花木深。"欧公自言平生要道此语不得,今人都不识这意思。

---

[1] 常建 底本作"王健",据《唐诗三百首》卷五(P.5)改。

杨中立曰：作诗不知风雅之意，不可以作诗。诗尚谲谏，唯言之者无罪，闻之者足以戒，乃为有得。若谏而涉于毁谤，闻者怒之，何补之有？观东坡诗，只是讥诮朝廷，殊无温柔敦厚之气，以此人故得而罪之。若是伯淳诗，则闻者自然感动矣，因举伯淳和温公诸人《禫饮诗》云："未须愁日暮，天际[1]是轻阴。"又《泛舟诗》云："只恐风花一片飞。"何其温柔敦厚也。

程伯子曰："学诗须是用功，古人诗云：'吟成五个字，用尽一片心。'又谓可惜一生心，用在五个字上，此言甚当。"

贺尧夫诗云："梧桐月下怀中照，杨柳风来面上吹。"此诗真流人豪也。

石曼卿诗云："乐意相关禽对语，生香不断树交花。"此诗形容得浩然气象。

刘伯温曰："诗学亦难言矣，然大要不越《三百篇》之旨，或兴，或赋，或比而分途，则美刺两端耳。美不贵腴，腴近谄。刺不贵激，激近暴。谄者丧气节，暴者干罪戾，安在其为性情之正哉？故善宗《三百篇》者，于诗义则思过半矣。"

作诗须量力度才，就其近似者而摹仿之，久则成家矣。若性质恬旷，而务求华艳；才情绮丽，而强拟沉郁。始虽效颦，终失故步，所谓行歧路者不至，怀二心者无成也。

诗有正格有别格，有高调有逸调。然出口须老，押韵须稳，

---

[1] 际 底本作"阴"，据《诗林广记》（P.105）改。

琢炼宜浑，字句宜雅，声音宜长，托意宜远，则无二道也。卧子曰：古诗自汉魏至唐，近体自初盛而中晚，皆可为也，务绝其不雅者而已。真而不雅则俚，和而不雅则陋，艳而不雅则俗。一句之中，虚实间用。一首之中，开合远近。落调宜老成郑重，而致意为委婉悠扬，行乎自然也。

今人论诗，谓从首至尾，字字有脉络承接，方为浑成。见犹书法行间，妙在断续中顾盼，岂钩踢牵丝、一行缠绕到底，乃为结构乎？则峰峦有穿田穿湖者，为脉络不明矣。盖诗人怨叹有实叙者，有过对指点者，有无中生有者，非必作道理注脚也。如用事，当有出处，然总在活动，亦可旁借。岂必如宋人之解王母竹林为鸟名、夕阳为楼名、海月为江瑶柱，乃为的确耶？

炼字如壁龙点睛，炼句如虫蛀印文，炼章如黄回舞剑，炼意如山川出云。使事如幡绰帝笑，状物如大帝弹蝇，顿节如挝鼓露板，滑声如笛弄歌喉。极工巧，极天然，极浑成，极生动，以弄丸之胸怀，出点金之手眼，其乐何如！

第八章 诗话

禅宗论云门有三种语:其一为随波逐浪句,谓随物应机,不主故常;其二为截断众流句,谓超出言外,非情识所到;其三为涵盖乾坤句,谓泯然皆契,无间可伺。其深浅以是为序。予尝戏谓学者言,老杜诗亦有此三种语,但先后不同。"波漂菰米沈云黑,露冷莲房坠粉红。"为涵盖乾坤句。"落花游丝白日静,鸣鸠乳燕青春深。"为随波逐浪句。"百年地僻柴门迥,五月江深草阁寒。"为截断众流句。若有解此,当与渠同参。

欧阳文忠公诗,始矫昆体,专以气格为主,故其言多平易疏畅。律诗意所到处,虽语有不伦,亦不复问。而学之者往往遂失于快直,倾囷倒廪,无复余地。然公诗好处,岂专在此?如《崇徽公主手痕诗》云:"玉颜自昔为身累,肉食何人与国谋。"此自是两段大议论,而抑扬曲折,发见于七字之中,婉丽雄胜,字字不失相对。虽昆体之工者,亦未易比。言意所会,要当如是,乃为至到。

王荆公晚年诗律尤精严,造语用事,间不容发,然意与言会,言随意遣,浑然天成,殆不见有牵率排比处。如"含风鸭绿鳞鳞起，弄日鹅黄袅袅垂"，读之初不觉有对偶，至"细数落花因坐久，缓寻芳草得归迟"，但见舒闲容与之态耳，而字字细考之，若经檃栝权衡者，其用意亦深刻矣。尝与叶致远诸人和头字韵诗，往返数四，其末篇有云："名誉子真矜谷口，事功新息困壶头。"其精切如此。后数月，复改云："岂爱京师传谷口，但知乡里胜壶头。"

张文潜论韩、柳五言警句。退之"暖风抽宿麦，清雨卷归旗"，子厚"壁空残月曙，门掩候虫秋"，皆为集中第一。

"开帘风动竹，疑是故人来"与"徘徊花上月，空度可怜宵"，此两联虽见唐人小说，其实佳句也。郑谷诗"睡轻可忍风敲竹，饮散那堪月在花"，意盖与此同。然论其格力，适堪揭酒家壁，与市人书扇耳。天下事，每患自以为工处着力太过，何但诗也？

诗下双字极难，须五言七言之间，除去三字五字外，精神兴致，全见于两言，方为工妙。唐人诗"水田飞白鹭，夏木转黄鹂"，为李嘉祐诗，王摩诘窃取之。非也！此两句好处，正好添"漠漠""阴阴"四字，此乃摩诘为嘉祐点化，以自见其妙。如李光弼将郭子仪军，一号令之，精彩数倍。不然，如嘉祐本句，但是咏景耳，人皆可到。要之当令如老杜"无边落木萧萧下，不尽长江滚滚来"与"江天漠漠鸟双去，风雨时时龙一吟"等，乃为超绝。近世王荆公"新秋浦溆绵绵静，薄晚园林往往青"与苏子瞻"氲氲炉香初泛夜，离离花影欲摇春"，皆可以追配前作也。

诗终篇有操纵，不可拘用一律。苏子瞻"林行婆家初闭户，翟夫子舍尚留关"，始读殆未测其意，盖下有"娟娟缺月黄昏后，袅袅新居紫翠间。系憓岂无罗带水，割愁还有剑铓山"四句。则入头不怕放行，宁伤于拙也！然"系憓""罗带""割愁""剑铓"之语，大是险，诨亦何可屡打？

长篇最难，晋魏以前，诗无过十韵者。盖常使人以意逆志，初不以叙事倾尽为工，至老杜《述怀》《北征》诸篇，穷极笔力，有如史公纪传，此固古今绝唱，然《八哀》诸篇，本非集中高作，而世多尊称之，不敢议。此乃揣骨听声，其病伤于多也，如李邕、苏源明诗，极多累句，余尝痛刊去，仅各取其半，方为尽善，然此语不可为不知者言也。

诗之用事，不可牵强，必至于不得不用而后用之，则事辞为一，莫见其安排斗凑之迹。苏子瞻尝为人作挽诗云："岂意日斜庚子后，忽惊岁在巳辰年。"此乃天生作对，不假人力。温庭筠诗亦有用甲子相对者，"风卷蓬根屯戊巳，月移松影守庚申"，两语本不相类，其题云："与道士守庚申，时闻西方有警事。"邂逅适然，固不可知，然以其用意附会观之，疑若得此对而就为之题者。此蔽于用事之弊也。前辈诗材，亦或预为储蓄，然非所当用，未尝强出。余尝从赵德麟假陶渊明集本，盖子瞻所阅者，时有改定字，末手题两联云："人言卢杞是奸邪，我觉魏公真妩媚。"又"槐花黄，举子忙；促织鸣，懒妇惊。"不知偶书之邪，或将以为用也？然子瞻诗，后不见此语，则固无意于必用矣。

王荆公诗，有"老景春可惜，花无可留得。莫嫌柳浑青，终恨李太白"之句，以古人姓名藏句中。盖以文为戏，或谓前无此体，自公始之。余观《权德舆集》，有云："藩宣秉戎寄，衡石崇位势。年纪信不留，弛张良自愧。樵苏则为惬，瓜李斯可畏。不顾荣宦尊，每陈农亩利。家林类岩巘，负郭躬敛积。忌满宠生嫌，养蒙恬胜智。疏钟皓月晓，晚景丹霞异。涧谷永不谖，山梁冀无累。颇符生肇学，得展禽尚志。从此直不疑，支离疏世事。"则德舆已有此体，乃知古今文章之变，殆无遗蕴。此篇虽主意在立别体，然词亦雅畅，自不失为佳制也。

杨大年、刘子仪，皆喜唐彦谦诗，以其用字精巧、对偶亲切。黄鲁直诗体虽不类，然亦不以杨、刘为过。如彦谦《题汉高庙》云："耳闻明主提三尺，眼见愚民盗一抔。"虽是着题，然语皆歇后。"一抔"事无两出，或可略"土"字。如"三尺律""三尺喙"皆可，何独剑乎？"耳闻明主""眼见愚民"，尤不成语。余数见交游道鲁直意，殊不可解。苏子瞻诗，有"买牛但自捐三尺，射鼠何劳挽六钧"，亦与此同病。"六钧"可去"弓"字，"三尺"不可去"剑"字，此理甚易知也。

苏子瞻尝两用孔稚圭鸣蛙事，如"水底笙簧蛙两部，山中奴婢橘千头"，虽以"笙簧"易"鼓吹"，不碍其意同也。至"已遣乱蛙成两部，更邀明月作三人"，则"成两部"不知为何物，亦是歇后，故用事宁与出处语小异而意同，不可尽牵出处语而意不显也。

古诗有离合体，近人多不解，此体始于孔北海。余读《类文》得北海四言一篇云："渔父屈节，水潜匿方。与时进止，出寺弛张。吕公饥钓，阖口渭旁。九域有圣，无土不王。好是正直，女固子藏。海外有截，隼逝鹰扬。六翮不奋，羽仪未彰。龙蛇之蛰，比它可忘。玟璇隐耀，美玉韬光。无名无誉，放言深藏。按辔安行，谁谓路长。"此篇离合"鲁国孔融文举"六字，诗二十四句，每章四句，离合一字。如首章第一句"渔"字，第二句"水"字，"渔"去"水"[1]则为"鱼"。第三句"时"字，第四句"寺"字，"时"去"寺"则为"日"，离"鱼"与"日"而合之，则为"鲁"，下章类此。殆古人好奇之过，欲以文字示其巧也。

古今人用事，有趁笔快意而误者，虽名辈有所不免。苏子瞻"石建方欣洗腧厕，姜庞不解叹蚺蝛"，据《汉书》"腧厕"本作"厕腧"，盖中衣也，二字义应不可颠倒用。鲁直"啜羹不如放麑，乐羊终愧巴西"，本是巴西见韩非子，盖贪于得韵，亦不暇省尔。

诗人以一字为工，世固知之。惟老杜变化开阖，出奇无穷，殆不可以形迹拘，如"江山有巴蜀，栋宇自齐梁。远近数千里，

---

[1] 水　底本脱，据文意酌补。

上下数百年"，只在"有"与"自"两字间，而吞纳山川之气，俯仰古今之怀，皆见于言外。《滕王亭子》："粉墙犹竹色，虚阁自松声。"若不用"犹"与"自"两字，则余八言凡亭子皆可用，不必滕王也。此皆工妙至到，人力不可及，而此老独雍容闲肆，出于自然，略不见其用力处。今人多取其已用字摹仿用之，偃蹇狭陋，尽成死法，不知意与境会，言中其节，凡字皆可用也。

读古人书，多意所喜处，诵意之久，往往不觉误用为己语。如"绿阴生昼寂，孤花表春余"，此韦苏州集中最为警策，而荆公诗乃有"绿阴生昼寂，幽草弄秋妍"之句，大抵荆公阅唐诗，多于去取之间用意，尤精观百家诗选，可见也。如苏子瞻"山围故国城空在，潮打西陵意未平"，此非误用，直是取旧句纵横役使，莫彼我为辨耳。

荆公诗用法甚严，尤精于对偶。尝云用汉人语、止可以汉人语对，若参以异代语，便不相类。如"一水护田围绿去，两山排闼送青来"之类，皆汉人语也，此惟公用之，不觉拘窘卑凡。如"周颙宅在阿兰若，娄约身随窣堵波"，皆以梵语对梵语，亦此意。尝有人面称公"自喜田园安五柳，但嫌尸祝扰庚桑"之句，以为的对。公笑曰："伊但知'柳'对'桑'为的，然'庚'亦自是数。"盖以十日数之也。

前辈诗文，各有平生自得意处，不过数篇，然他人未必能尽知也。毗陵正素处士张子厚善书，余尝于其家见欧阳文忠子棐,以乌丝阑绢一轴,求子厚书文忠《明妃曲》两篇,《庐山高》一篇。略云:"先公平日,未尝矜大所为文,一日被酒,语棐曰:'吾诗《庐山高》,今人莫能为,唯太白能之。《明妃曲》后篇,太白不能为,唯子美能之;至于前篇,则子美亦不能为,惟吾能之也。'因欲别录此三篇也。"

"池塘生春草,园柳变鸣禽。"世多不解此语为工,盖欲以奇求之耳。此语之工,正在无所用意,猝然与景相遇,借以成章,不假绳削,故非常情所能到。诗家妙处,当须以此为根本,而思苦言难者,往往不悟。钟嵘《诗品》,论之最详,其略云:"'思君如流水',既是即目。'高台多悲风',亦惟所见。'清晨登陇首',羌无故实。'明月照积雪',非出经史。古今胜语多非补缀,皆由直置。颜延之、谢庄尤为繁密,于时化之,故大明、泰始中,文章殆同书钞。近任昉、王元长等,辞不贵奇,竞须新事,迩来作者,寖以成俗,遂乃句无虚语、语无虚字,牵挛补衲,蠹文已甚。自然英旨,罕遇其人。"余每爱此言,简切明白易晓,但观者未尝留意耳。自唐以后,既变以律体,固不能无拘窘,然苟大手笔,亦自不妨削镤于神志之间、斫轮于甘苦之外也。

"姑苏城外寒山寺,夜半钟声到客船。"此唐张继《题城西枫桥寺诗》也。欧阳文忠公尝病其夜半非打钟之时,盖公未尝至吴中,今吴中山寺,实以夜半打钟。继诗三十余篇,余家有之,往往多佳句。王荆公编百家诗,选从宋次道借本,中间有

"暝色赴春愁",次道改"赴"字作"起"字,荆公复定为"赴"字,以语次道曰:"若是'起'字,人谁不能到?"次道以为然。

诗语固忌用巧太过,然缘情体物,自有天然工妙,虽巧,不而见刻削之痕。老杜"细雨鱼儿出,微风燕子斜",此十字殆无一字虚设。雨细着水面为沤,鱼常上浮而淰,若大雨则伏而不出矣。燕体轻弱,风猛则不能胜,惟微风乃受以为势,故又有"轻燕受风斜"之语。至"穿花蛱蝶深深见,点水蜻蜓款款飞","深深"字若无"穿"字,"款款"字若无"点"字,皆无以见其精微如此。然读之浑然,全似未尝用力,此所以不碍其气格超胜。使晚唐诸子为之,便当入"鱼跃练波抛玉尺,莺穿丝柳织金梭"体矣。七言难于气象雄浑,句中有力而纡余,不失言外之意,自老杜"锦江春色来天地,玉垒浮云变古今"与"五更鼓角声悲壮,三峡星河影动摇"等句之后,常恨无复继之。韩退之笔力最为杰出,然每苦意与语俱尽。《和裴晋公破蔡州回诗》所谓:"将军旧压三司贵,相国新兼五等崇。"非不壮也,然意亦尽于此矣。不若刘禹锡《贺晋公留守东都》云:"天子旌旗分一半,八方风雨会中州。"语远而体大也。

"江淹拟汤惠休诗'日暮碧云合,佳人殊未来',古今以为佳句,然谢灵运'圆景早已满,佳人犹未还',谢玄晖'春草秋更绿,公子未西归',即是此意。尝怪两汉间所作骚文,未尝有新语,直是句句规模屈宋,但换字不同耳。至晋宋以后,诗人之辞,其弊亦然。"若是虽工亦何足道!盖当时祖习共以为然，故未有讥之者耳。

古今论诗者多矣，吾独爱汤惠休称谢灵运为"春日芙蕖"，沈约称王筠为"弹丸脱手"两语，最当人意。初日芙蕖，非人力所能为，而精神华彩之意，自然见于造化之妙，灵运之诗，可以当此者亦无几。弹丸脱手，虽是输写便利，动无留滞，然其精圆快速，发之在手，筠亦未能尽也，然作诗审到此地，岂复更有余事？韩退之《赠张籍》云："君诗多态度，霭霭春空云。"司空图记戴叔伦语云："诗人之辞如蓝田日暖，良玉生烟。"亦是形似之微妙者，但学者不能味其言耳。

诗禁体物语，此学诗者类能言之也。欧阳文忠公守汝阴，尝与客赋雪于聚星堂，举此令，往往皆阁笔不能下。然此亦定法，若能者则出入纵横，何可拘碍？郑谷"乱飘僧舍茶烟湿，密洒歌楼酒力微"，非不去体物语，而气格如此其卑。苏子瞻"冻合玉楼寒起粟，光摇银海眩生花"，超然飞动，何害其言玉楼银海？韩退之两篇，力欲去此弊，虽冥搜奇谲，亦不免有"缟带银杯"之句。杜子美"暗度南楼月，寒生北渚云"，初不避"云""月"字，若"随风且开叶，带雨不成花"，则退之两篇工处，殆无以愈于此也。

本次整理征引文献

彭定求等撰：《全唐诗》，中华书局1960年版。
严羽著，郭绍虞校释：《沧浪诗话校释》，人民文学出版社1983年版。
范梈：《木天禁语》，吴文治主编：《辽金元诗话全编》，凤凰出版社2006年版。
魏庆之撰，王仲闻点校：《诗人玉屑》，中华书局2007年版。
车万育、李渔撰，陈颖聪注：《声律启蒙·笠翁对韵》，商务印书馆2016年版。
杨载：《诗法家数》，吴文治主编：《辽金元诗话全编》，凤凰出版社2006年版。
范梈：《诗学禁脔》，吴文治主编：《辽金元诗话全编》，凤凰出版社2006年版。
揭傒斯：《诗法正宗》，吴文治主编：《辽金元诗话全编》，凤凰出版社2006年版。
仇兆鳌注：《杜诗详注》，中华书局1979年版。
逯钦立辑校：《先秦汉魏晋南北朝诗》，中华书局1988年版。
蘅塘退士编，陈婉俊补注：《唐诗三百首》，文学古籍刊行社1956年版。
蔡正孙撰，常振国、降云点校：《诗林广记》，中华书局1982年版。
王国安笺释：《柳宗元诗笺释》，上海古籍出版社1993年版。
陈铁民、侯忠义校注：《岑参集校注》，上海古籍出版社2004年版。
冯集梧注：《樊川诗集注》，上海古籍出版社1998年版。
刘坡公著：《学诗百法》，辽宁人民出版社2000年版。